大雅

为一种品格注脚

献给我的父亲和母亲

臧棣，诗人、评论家。1964年4月生于北京。1983年考入北京大学中文系。1997年获北京大学文学博士学位。现任教于北京大学中文系。出版诗集《燕园纪事》《宇宙是扁的》《空城计》《未名湖》《慧根丛书》《小挽歌丛书》《骑手和豆浆》《必要的天使》《仙鹤丛书》《就地神游》等多种。曾获"1979—2005中国十大先锋诗人"（2006）、第三届"珠江国际诗歌节大奖"（2007）、"中国十大新锐诗歌批评家"（2007）、"华语文学传媒大奖·2008年度诗人奖"（2009）、"2015中国·星星年度诗人奖"（2015）等荣誉和奖项。

大雅诗丛

最简单的
人类动作入门

Zui Jiandan De
Renlei Dongzuo Rumen

臧 棣 — 著

广西人民出版社

目 录

第一卷

003　　向伟大的口罩致敬入门
005　　制高点入门
007　　我从未想过时间的洞穴已变得如此漂亮入门
010　　澳门学入门
012　　你就没有开过鸿沟的玩笑吗入门
014　　梅里尔·斯特里普入门
016　　援引约翰·杜威入门
018　　冬天的福楼拜入门
019　　纪念艾米莉·狄金森逝世130周年入门
021　　反艾略特入门
022　　以玛丽莲·梦露为例入门
023　　真凶学入门
025　　冷食入门
027　　潜心学入门
028　　最简单的人类动作入门
030　　白面具入门

031　小孔成像入门

033　以自我为尽头入门

035　远和近入门

036　你读过赫拉巴尔吗入门

038　世界艾滋病日入门

040　神秘感入门

042　人在骑田岭入门

044　新湖畔派入门

046　试剑者入门

047　龙泉剑入门

049　切肉入门

050　诗人的命运入门

052　秘密的请求入门

054　完美的闲置入门

056　在聂耳墓前入门

第二卷

061　就没见过这么圆的灵药入门

063　与其抵抗冬天不如探索冬天入门

065　火炉入门

067　台风海马入门

069　立冬日早市入门

070　第一阵秋凉入门

071　七夕入门

073　比柳绿更对象入门
075　三月三入门
076　元宵节烟花入门
078　双鱼座入门
079　情人节入门
081　鞭春记入门
083　女儿节入门
084　冬天的现场入门
086　冬天的判断力入门
088　高原蓝入门
089　向晚学入门
091　重阳节入门
092　醉春风入门
093　白夜入门
094　陕北的黄昏入门
095　新年寄语入门

第三卷

099　白园入门
101　白马寺入门
103　过华亭寺,或碧鸡山入门
105　潭柘寺入门
107　戒台寺入门
109　苍山夜雨入门

110	巴松措入门
112	比林芝还秘境入门
114	尼洋河畔,或黑马正在渡河入门
116	沿南伊河入门
118	双河溶洞入门
120	钓诗,或人在清溪湖入门
122	钩弋夫人墓前入门
124	日则沟尽头入门
126	五花海归来入门
128	人在九寨沟入门
130	神仙池入门
132	龙塘诗社旧址入门
134	横琴岛归来入门
136	香炉湾入门
138	人在龙门入门
140	韩城文庙入门
141	大淀湖入门
143	人在朱家角入门
145	老水车入门
147	玉龙雪山入门
149	伊河之上入门
151	亢谷入门
153	黄安坝入门
155	上游的感觉,或任河入门
157	天山风景学入门
159	唐朝路入门

161 阿克木那拉烽火台入门
163 天池学入门
165 马牙山入门
167 博格达峰入门
168 淇水湾入门
170 铜鼓岭入门
172 滇南灵境入门
174 黄河第一湾入门
175 郎木寺入门
176 扎尕那入门
178 尕海入门
179 通济堰入门
180 下樟村入门
181 南明山入门
183 人在丽水，或淬火入门
184 南山入门

第四卷

189 我的蚂蚁兄弟入门
191 原型鹤入门
193 黑貂入门
195 柠檬入门
197 藜麦入门
199 芝麻菜入门

201　　秋葵入门

202　　蚕豆入门

203　　芍药入门

204　　紫罗兰入门

206　　红叶学入门

208　　红果冬青入门

209　　珠颈斑鸠入门

210　　有时我很想感谢喜鹊不是凤凰入门

212　　蝙蝠花入门

213　　五味子入门

215　　龙舌兰入门

217　　胡蜂酒入门

218　　杨梅入门

220　　黄葛树下入门

222　　野姜花入门

224　　千屈菜入门

225　　琼花的逻辑入门

227　　北方特有的唇形科植物入门

229　　紫菀入门

230　　紫鸢尾入门

231　　秋红入门

232　　爬山虎入门

233　　醉蝶花入门

234　　红蓼，或狗尾巴花入门

236　　水竹芋入门

237　　佛掌参入门

- 239 枫糖液入门
- 241 野坝子蜜入门
- 243 黄刺玫入门
- 244 银杏入门
- 246 白蒿入门
- 247 楸树入门
- 249 荚蒾入门
- 251 芒果入门
- 253 狗眼入门

第五卷

- 257 人在佛蒙特，或比雪白更寓言入门
- 259 基训河入门
- 261 伯灵顿晨曲入门
- 262 不来梅的黎明入门
- 263 威悉河畔入门
- 265 领事馆之夜入门
- 267 人在汉堡入门
- 269 飞往阿姆斯特丹入门
- 271 比出窍还雪白入门
- 272 红磨坊入门
- 274 母亲的金字塔入门
- 276 清晨的秩序入门
- 277 宪法广场入门

279　人在墨西哥入门

281　拉丁塔入门

282　飞往墨西哥入门

284　前方200米即席勒剧院入门

286　柏林神话学入门

288　在柏林寻找海涅铜像未果入门

290　路过乌拉尼亚博物馆入门

292　真迹学入门

293　慕尼黑入门

295　亚历山大广场入门

296　柏林黑莓入门

297　施普雷河入门

298　身旁的布莱希特入门

300　柏林街景入门

302　蒙塔莱和柏林有什么关系入门

304　柏林的狐狸入门

306　柏林时间入门

308　马尔库塞墓前入门

309　维也纳入门

310　**诗歌和进入**

第一卷

向伟大的口罩致敬入门

我不喜欢戴口罩。
这小小的抵触来自小时候
一个反绑着的人,戴着大口罩,
剃光了头,跪在土台上;
他的背后插着的长长的牌签上,
一些汉字,被狠狠打了红叉。
多少年过去,好多时间的果实,
爱情的果实,秘密的果实,
开过窍的,没开过窍的,
都已解体,没留下一丝痕迹。
唯有这被红叉狠咬过的
印象的果实,却一点也没腐烂。
我其实也不反对戴口罩——
我依然记得你摘下口罩,
从冬天的面庞里,突然伸出
热气袅娜的,青春的舌头,
轻轻驯服我的鼻尖的那一幕——
多么沉重而又陌生的呼吸,
就好像只需再加深那么一点点,
那些比蝴蝶的飞吻还轻微的

舔舐，就能压垮整个现实的假面。
我也想过，给真理戴上
诗歌的口罩的可能性
究竟有多大。但回到现实，
我承认我的确不习惯
戴口罩。毕竟出生在紫禁城边，
我还从未在北京的大街上
见过这么多戴着口罩的人——
迎面走来的，同向前行的，
几乎没有不戴口罩的，
就好像短时间里，我不戴口罩
显得很特异，似乎是刻意
表演对死亡的无知。
其实，我只是出自本能，
拒绝戴口罩而已。难道你
见过戴口罩的金牛吗。

2016年12月18日

制高点入门

      世界将借由我的声音知道我
                  ——奥维德

游戏的受益者,但看上去
却一点也不神秘:喜鹊
不是战士,它甚至对喜鹊精神
也一无所知。领地是开放的,
灰瓦比走神的日光还缓慢;
喜鹊飞上高翘的檐角,独占只有
它才能认出的制高点。
它很机敏,对我们走近它的
任何方式都很敏感,但它不是
典型的猎手。和盘旋的鹰相比,
它更像是舞蹈家;你呼吸过的空气
是它的柔软的舞鞋。每次,
从开花的木槿旁边经过,
它都会穿上那双无边的舞鞋,
欢呼你的到来。甚至你缺席了,
它也不会缺席。甚至爱缺席了,
它依然会扇动它的黑白翅膀,

向死者送去一个邀请；
甚至死亡缺席了，它也会把你的影子
叼回到世界的回音中，
以此迷惑我们的轮回。

2016 年 10 月 8 日

我从未想过时间的洞穴已变得如此漂亮入门

没有什么是现在的装修
解决不了的。这口吻,
又不是口腔医院,上午号
已挂完,有什么好意外的。
就是把柏拉图叫醒,时间的洞穴
也不会想到,在天花板上吊起
一串水晶灯后,它会变成什么。
甚至我们的地狱,也很害怕
经过精心的装修之后,
它已无法认出它原来的模样。
任由一味追求效果的甲醛
全心全意,从内部舔过之后,
所有的门,都把自己的表情加工成
坚挺的,从外观上看
一点也不像棺材板的样子;
但尺寸的厚薄可没那么厚道。
该暴露的,比虚无还露骨。

角落里,无名的死亡
仿佛和我们全体有关,却慢得

有点不成体统，比演砸了的，
因为要还房贷而不舍得照
X光的小丑，还不好意思。
墙壁雪白，明明有点浑浊的空气
却像透明的练习曲，密封在
室内乐的立体的沉默中。
你的肺不怎么配合你，
它就像里面渗进了水的黑袋子，
在历史的集体无意识中
暴露着文明的阴影。
你又不是什么大人物，
只要一伸手，打开的门
便会自由地，转动起来
异常灵活地通向，更里面的门。

这里面似乎存在着
一个规律：每一扇门
都只负责通向更里面的门。
没错，你绝对不会想到
有这么多门的世界，看起来
却比时间的洞穴还幽深。
甚至比幽深还舒服的东西
也随手可得，咖啡的瀑布
辉映着绿萝的小翻领；
一坐下去，沙发就会很有弹性地
暴露真理的小浅坑

和你应该减点肥关系密切。
当然,通过窗口像洞口,
你也能看到外面的一切。
外面的情形好像也不复杂,
跟人间喜剧完全扯不上关系——
连四岁的女儿,都能帮你澄清
几只喜鹊是如何分辨雾和霾的。

2016 年 12 月 20 日

澳门学入门
——赠默默

多么渗透,金色即夜色,
诸如命运小于像 6 这样的数字,
也没什么好奇怪的。随时,
野牛都会输给玫瑰,但不是
输在脾气有点娇气上。

灯,麻木得像刚刚植入
雄狮体内的一盏发光的器官。
偶尔,可疑的殖民史
并不害怕时间只剩下
一堵薄薄的高墙,就好像

耸立的人生也曾像掀起的高潮
平行于晚饭前经过的大三巴牌坊。
那搅动夜色的骰子
差一点就从你的喉咙深处
坠入人性的深渊。

就差那么一点。但澳门不是窄门;
或者,还从未有一扇窄门
像澳门这样接纳过这么多
从我们身上走失的骆驼。
没错,每只骆驼,都代表一阵嘴瘾。

2016 年 12 月 16 日

你就没有开过鸿沟的玩笑吗入门

铁锹像是从门后
顺手抄起的。吵闹的鹊巢下,
冷,唯独不配合冷静。
一声哐当给世界带来
新的陌生。难道就没有
人,想过把时间挖通了,
你会有什么样的感觉吗?
从背影到背影,唯有孤独
从不出卖孤独的秘密。
再加把劲,凡被野蛮缩短的
距离,道路都会把它伸向
有牧羊犬吠叫的地方——
那里,生与死的界限
模糊在光秃的荆棘下,
就好像爱和死的界线
从未有一刻停止过
在我们的身体里加深
人生的裂痕。其实,
也没什么好担心的——
从里面,总会有几只野鹅

飞出来：飞向更广阔的天地，
飞越新的无知。

2017 年 1 月 15 日

梅里尔·斯特里普入门*

以青春为堤岸,寂静的晨雾
摩挲湿滑的斜坡,直到它狠狠插进
人生的寓言。羞涩的异端啊,
经历了苏菲的选择后,每个旋涡
都奉献过不止一个警句。
迷失在爱河中,至少能让你看清
对岸有没有法国中尉的情人。
另一处,特效来自紫苑草,
盲目的崇拜未必就不能过滤
猎鹿人也曾在黑暗中哭泣。
我几乎爱过在她背后出现的
所有幻象:在核电厂上班的
嗅觉灵敏的女工,撒在廊桥桥头的
爱的骨灰。那意思仿佛是说,
唯有离别,能成就内心的高贵。
再遥远一点,走出非洲之前,
她也曾在新泽西州的萨默塞特宾馆

---

* 本诗中多处语句和意象,诸如紫苑草、猎鹿人等,均出自梅里尔·斯特里普主演过的电影。

给人端过盘子。她的微笑
甚至让咖啡也符合过滋味的逻辑。
和我们有关的人生角色,
无论多么复杂,从来就难不住她。
英国人约翰·福尔斯[①]说的没错,
她属于那种"不知来自何处的女人",
以便我们在麻木的处境中
依然有机会见证到伟大的情感。

2017年1月10日

[①] 约翰·福尔斯(John Fowles, 1926—2005),英国小说家,著有《法国中尉的女人》等多部小说。

援引约翰·杜威入门

将雪作为一种兴趣,
不只是我们这些看见松鼠
就想拍照的旅人
才会有的想法,花楸树上
顶着小雪靴的小红果
也以为精灵就住在附近,
且也有同样的想法。
"新颖的想象力"绝对是
一个出发点。甚至野兔,
对我们的世界观一无所知,
却也把它可爱的脚印
清晰地献给了原始的雪。
甚至连野鸭仿佛也具有
一种足以媲美智者的知识——
雪,越反动,越能用它的雪白
改造我们的胃口。比起幸福
失败是更深刻的教育。
你必须学会在信念的旁边
留下一把铲雪的铁锹,
因为"支配想象的是未来",

支配雪的是更固执的念头——
就好像不知从何时起，
将寂静作为白色的舞蹈
是我们这些喜欢在词语的黑暗中
砍伐树枝的人，对这个世界
所做的最好的发明。

2016年1月23日

冬天的福楼拜入门

我十五岁时,有一个
保存了三十年的秘密。
帕斯卡比胶水更黏,
我能用他黏合所有的裂痕——
从现实的丑陋到宇宙的奇妙。
但最惊心的,我们的疯狂
竟然比伟大的心灵还诚实。
公主高于爱情,萨朗波没有死,
她只是倒在了神殿的台阶上。
死去的,是包法利夫人。
你知道,我一直就待在那些台阶下,
平躺着,像一个被时间的刨子
刚刨过的非洲的记忆。
如今我五十岁,像虚度过三千年。
而你,应该比我更清楚:
在冬天,就算蝴蝶只是一个词,
也不会减弱插上了翅膀的福楼拜。

2014 年 12 月 12 日

纪念艾米莉·狄金森逝世 130 周年入门*

白天,心灵是放牧的对象,
柔软的绒毛温顺在
即将落下的树叶的抚摸中。
晨露浪费了初吻,唯有知更鸟的鸣叫
偶尔还能尖锐一下爱的短暂。
她把院门打开,将属于她的
也属于我们的心灵放牧到
树林的边缘。她胜任光明深处的
黑暗,一如她胜任黑暗中的
孤独。入夜后,她将放牧后的心灵
从荒野召回到身边,"说出
全部的真理"其实没那么难,
但前提是"不能太直接"。
就这样,她以自我为永恒的伴侣,
将诸如生的伟大死的光荣
远远地甩在了以我们为深渊的
时间的后面。在她之前,

---

* 艾米莉·狄金森(Emily Dickinson,1830—1886),美国诗人。

英才无数,但从未有一个人像她那样敢于成为:她自己的先知。

2016 年 5 月 15 日

反艾略特入门

连续两天。天蓝得就像
魔鬼又收到了一大笔
春天的贿赂。名义上
人人都有份,人人都切走了
一小块;而且看起来
也确实像樱桃花做的蛋糕。
味道甚至比海棠花做的还好。
此时,你声明你没领到,
等于表白除了你,没有人
会觉得野猫对喜鹊的偏见
能让发黄的动物保护法
蒙上一层暧昧的尘土。
不原始点的话,想不愧对
我们和春光之间的
原始线索,还真有点难。
棣棠对我做的,我无以回报;
连翘对我做的,我不能还手;
丁香对我做的,我也只能
虚构一个对峙,将它们
浓缩在神圣的记忆中。

以玛丽莲·梦露为例入门

当你跟小猫或小狗说话时,
它从来不会叫你闭嘴——
这是事实,清楚得就如同
没有人知道一株海棠
和一只野鸭的距离
究竟是多少?假如看上去
不像一个事实,像人类的
一个情节呢?无形的治疗。
或许,它再现的,远非
一个小小的仪式。据小道消息,
玛丽莲·梦露就常常这样做,
并从中享受到巨大的愉快。
所以严格地讲,它确实
一点也不像一个游戏。

2016 年 4 月 7 日

真凶学入门
——仿杨庆祥

好消息是,我在首都的霾雾中
度过了新年的第一天。
更好的消息是,我的肺
并不责怪我的钱包。
我的肺,依然充满弹性,
甚至不乏善良的试探性——
比如此刻,它探查到
确实有用钱买不来的东西
正鼓得像海边的气球。
与我同在的,还有树枝上
依然相爱的两只山喜鹊——
还从未有过一把剪刀
像它们的长尾巴那样
频频用于将时间的片断
剪裁成无神论的小素描。
它们受惊时,这灰蒙蒙的世界
反而显得简单;不似梦境中,
传来的声音听上去

如同经过了无底洞的过滤——
帮凶啊,无所不在的
帮凶的几率,几乎败坏了
一个来自量子力学的消息。

2017年1月2日

冷食入门

它放在围墙的缺口处，
颜色发暗；随着夜色加重，
它的颜色看上去如同
冻住了似的。它的味道
想必只有麻雀梦见过的榔头
才能砸开一道缝。如果不了解
内情的话，它很容易
就和周围的垃圾混同起来。
它和命运的瓜葛暧昧到
你就是把老子从青牛背上
拽下来，也无济于事。
刚放过去时，想必它还残留有
食物的余温。但现在是子夜时分，
零下6度，它肯定冷硬如
你从未想过每一种食物
其实都有它自己的尸体。
你的脚步越来越近，
你从未想到这么深黑的夜色下，
还会有一只毛发蓬乱的野猫
那么专注地用朦胧的舌头

舔着它上面暧昧的营养。
我不是圣徒，但我有种冲动，
想走过去做点什么。假如我
告诉你，我用我的舌头
帮它慢慢恢复了一点温度，
以便吞咽时，它更容易
滑入那只野猫的喉咙；
你该不会用看待疯子的眼光
打量这首诗背后的一切吧。

2016 年 12 月 29 日

潜心学入门
——仿蒋浩

冰蓝向空气鞠躬,
和背景比,北京就是不一样。
但首先看懂的,不是你,
而是灰喜鹊频频扇动的翅膀
像跳舞的雨刮器。

抹去的尘埃,犹如一次显灵助跑。
垂下的树枝里全是细细的小腰。
附近,小湖圈养一个宁静
大到你忽然想到:我们可能都误解了
诗,对世界的不放心。

向阳的一面,并不因刺骨,
水就不友好;作为一个条件,
冬天使用起来,其实挺方便,
就好像待会儿要测量的,绝不只是:
你的身体就是人的深度。

2016年12月28日

最简单的人类动作入门

> 只有我的心才能发现事情的真相
> ——马塞尔·普鲁斯特

平原上空，渐渐醒来的
北京蓝，对所发生的事情
一无所知；看上去
就像冰冷的睡美人那样。

白茶和真相的关系
仿佛也很偶然，唯有那
闪光的细节似乎不太服气，
一味隔着袅娜的热气

频频回顾一次秘密的寻找：
白茶很及时，且泡过之后，
汤水幽亮得就像几根银针
刚给古老的镜子做过一次针灸。

此外，法国人普鲁斯特
也确实表达过类似的想法：

原则上，只要放下茶杯①，
一个人就能转向他的内心。

2016 年 12 月 27 日

---

① 茶杯的意象源自马塞尔·普鲁斯特的名句："我放下茶杯，转向我的内心。"见《在斯万家那边》。

白面具入门

很容易折叠，也很容易打开：
太阳的日记中，还从未有过
这样的记载，这么小的
一块柔软的白布，只须轻轻地
一抻拉，竟然能改变
这么辽阔的生存景象。

甚至连幽灵也会感叹——
我，差一点就没认出你。
折叠时，人类的杀手
会谨慎地缩回他的手指；
以便你的指纹能清晰地
进入最后的识别系统。

展开时，地球的杀手
会频繁弯曲陌生人的手指，
以便你能灵活地指出
刚刚与死亡接头的，不是你，
而是一个戴着口罩的
被认错了的人。

小孔成像入门

这似乎是游戏的
一部分：方比圆更敏感于
来自榆木的试探。
不就是在墙上杵一下嘛，
透不透光，最后又不是
小洞说了算。但从外面看去，
稍一性感，芦荻的形状
其实也很启发芦苇的性状。
天的意志，只有发明过
风筝的人，才知道——
据说孔子不太服气，
最明显的证据就是
从此以后，他再也没有
将他身下的席子坐暖和过。
至于墨翟，从一开始
就不相信用发黑的笛子
能吹出宇宙的真相；所以
一听到音乐，就会跳过去，
劈开灌木，猛揪大地的小辫子；
而历史依然缺少后果：

比如，即便用了这么大的力气，炊烟也没熏黑过他的炉灶。

2016年12月24日　平安夜

以自我为尽头入门

——仿西渡体

树木的尽头,你的晚霞
将自然的假象焚烧成
美丽的替身。但绚烂的本意,
火,远不是火的尽头。

至于群山的尽头,鹤鸣
其实已表达得很清晰:
我们之中,人领教它的次数,
远比候鸟要落后。

说到数量,同样和鸟有关,
黑,也不是乌鸦的尽头。
一阵麻雀的啁啾,就能刺破
夜的尽头。人类的尽头

其实也大抵如此。严重的
污染,令死亡呆滞于倒影;
但是,同火焰一样,

水,从不是水的尽头。

也许河流有过自己的尽头,
但多半源于此岸对彼岸的嫉妒。
这辈子,你总会有几次机会,
抵达河流的尽头。但你最好

提醒自己:那还远不是
水的尽头。在水中寻找尽头的人
必定深深误解过死亡的尽头;
黑到了极点,甚至幽暗的洞穴

也只是感到好像有个硬东西
从另一边跟它在赌气。
还是面对现实的乐趣吧——
你,才是你唯一的尽头。

2016 年 12 月 23 日

远和近入门
——仿车前子

冬天的草原依然辽阔
冷寂的星光下
骰子其实可以掷得更远

骑马归来,希腊人的提醒是对的——
任何时候,都别忘了
人是会说话的动物

2016 年 12 月 20 日

你读过赫拉巴尔吗入门

> 我越来越像我的那些猫了
> ——赫拉巴尔

落尽的阔叶,实际上
也脱下了一件时间的内衣。
立冬后,北方即视野。
好大的一个赤裸,突然之间
既成于以你为邻。灰瓦冰凉,
凡摸过的,再往下一点,
就是杀气比空气还虚无。

高高的秃枝上,喜鹊的黑白
好动你十年前仿佛读过
"一切爱都是一种同情"①;
比现场还醒目,就好像
那翘着尾巴的黑白
正试着给我们的真相
来一次大幅度降温。

---

① "一切爱都是一种同情",语出叔本华。

小操场上,迟到的骄傲
令大妈舞爆发,暧昧的活力
怎么就不能好看一下呢?
穿越时,每只猫都比夏天
加快了脚步;就好像只要
慢半拍,它们就再也没有机会
走进那"喧嚣的孤独"。

2016年12月3日

世界艾滋病日入门

主要途径是爱还不够绝望。
血的教训,血本身
并不吸取。加热之后,
空白失去个性,渐渐汇聚成
一个热点:据专家透露,
目前最有效的疗法,依然是
高尚的情操如何绷紧
道德的神经,潜伏到
生命的源头。从那里,
再次向外部打量,生活鲜艳得
就像宇宙的腹股沟。
据说,鸡尾酒也挺管用,
只要一杯,就算给足恐惧面子了。
但从专业角度,抵抗力事关
慧根是否粗大;就好像
它是人的智慧的
一种奇特的效果。安全套里
从来就不安全;在可预见的未来
真正的安全只有一个:

那就是，再可怕的病毒
也无法让诗感染。

2016 年 12 月 1 日

神秘感入门

秋肥因落叶而触目，
麻雀的蹦跳，将一个旁观
轻轻套在你身上。
很牢固，就好像旁观
比人生观还说明问题。
作为一种表演，大地的弹性
在麻雀脚下，依然状况良好。
而更激烈的影子，则需要你
视线抬高，从俯冲的翅膀中
寻求有力的证据。大多时候，
他们的感觉是，从后面，
死亡在他们的背上推了一把。
但诗歌是例外，在诗歌中，
你经常能旁观到我们之中
有人在死亡的背后，狠推了一把。
当然，这一把要解决的，
并非是孰轻孰重。比如说
斧子和文物的关系
有时就很暧昧：就好像

你走出现场时,也需要购买和参观国家博物馆一样的门票。

2016 年 11 月 30 日

人在骑田岭入门*

——悼翟文熙

再大的深渊也不过是
时间的皱纹，至少你的诗
通向这样的真相。犬牙状的
喀斯特地貌就潜伏在四周，
尖锐的山影也尖锐着
灵魂的形状。外面，粤北的
夜雨像一个刚化妆归来的
面目湿黑的游击队员。
你的肤色好像也被亚热带的太阳
盖过很多戳。初次见面，
你有点吃惊，在你脑海中翻腾过的
我们之间的鸿沟并不存在。
我读过你的诗，它们就像
一堆刚刚制作好的礼花，
等着颠覆性的想象力①的检阅。
你的诗比你擅长言辞，

---

* 骑田岭，属于南岭之一，横亘在湖南省东南部和广东北部。
① "颠覆性的想象力"，语出翟文熙。

不过你并非不走运；你喜欢
用留白埋伏意义，甚至
在每个切入点上都要撒上
一小把自制的佐料。我来自北方，
你来自南方，两者的共同点是，
诗，最好不欠神秘一点债。
你渴望归隐能复活
一种心仪。至少你的诗
越来越忠于你的新意；
你的诗犹如一片领地
成就着你的隐身。因为你，
有一种安静是出色的。
对时代的沉默做着减法，
你的安静，是你的塑像。
你安静地走过来，你好像
有很多话要对一个影子说；
而我负责承受那影子的重量，
并在那唯一的重量中
托住在我们和诗歌之间
已开始有点下坠的那种信任。

2016年11月28日

新湖畔派入门

深秋的湖畔,银杏依然高大,
像时间的脚手架。
白云的担架上,蓝是蓝的极端。

而这些濒死的树叶
则因无法兑现的金黄而醒目,
殷勤地点缀着他者的命运。

乌鸦已凑过热闹,
它们甚至往死角里丢掷过黑警报;
但此刻,乌鸦并不在场。

同样不在场,但好像
每个人都曾微妙地受益于
乌鸦和真理之间强烈的反差。

真的很抱歉,我身上
并无你们早就预订好的
现在,又迫切需要的黑白分明。

我能援引的，不过是偷听来的台词：
一个女人说：我自己都不原谅自己，
我凭什么要祈求你的原谅。

2016年11月22日

试剑者入门
——赠徐建平

稍一溯源,龙渊已逼真于寒光。
锋利的对象可以有很多——
最明显的,刚淋过雨的木头。
最突出的,野味的标本。
最神话的,反光的铁中好像
有一个幽灵叫泥巴。
论动作的漂亮,削更像猛砍;
接着,硬碰硬,反思你的骨头
到底愿意和世界保持
什么样的关系,才能稍稍瞒过
古老的敌意。一旦握紧,
手中尖锐的权力就会放大
生命的虚荣。最惊心的,
那致命的诱惑,甚至在已知的
所有真理中都找不到一个代价。

2016 年 6 月 16 日

龙泉剑入门

在没有见过它之前,
你不会如此清醒:在我们周围
有一种黑暗的记忆
是为它单独准备的。积蓄着,
为了防止宇宙软弱,有时还不得不
借用一下盲目的岩石。
铿锵着,倔强的声音是
必要的伴奏,以便辨认起来
更容易领会:孤独的铁锤
不仅仅是它自己的意志的
一种专注的操练。弥漫中,
紫气以青山为长鼻;
稍一颤动,大象就绝不仅限于
是一只动物。飞溅着,
迸射的火花犹如激动的蜜,
试探我们的无知甚过深究
自然的血性。没错,
什么时候俯视,它都有可能
沿我们的目光恢复一种眼界——

看上去,那长长的小东西
依然像一座深渊。

2016 年 6 月 13 日

切肉入门

薄薄的,几乎胜过
最漂亮的切片,但不是猪肉;
甚至黑山的风折断过红松的意志,
也没吹到过它的软肋。
嫩得像玫瑰花瓣,触摸之后,
甚至让镜子也嫉妒舌头,
但不是鱼肉新鲜不新鲜。
滑溜溜回来啦!五花齐放,
纹理的秘密,像生命的唱片
渴望陌生的呼吸,但不是
羊肉,或马肉。有点像雨后,
一只蜗牛从湿漉漉的栅栏上
突然抱住你的手指,用闪光的
缄默,向你索求一个
神秘的决心。手里拿着
比寒光还凛冽的短刀,
但是你,真的有过吗?

2016 年 11 月 3 日

诗人的命运入门

秋天深了,王在写诗。

——海子

秋天正在加深
告别的颜色。但其实,
无名的忧伤即使是
对最陌生的那个你来说,
也已足够仁慈。金黄的美
浩大于你已有过无数次
个人的机遇。甚至
火红的落叶也兑现过,
二十年前我们曾在草原上
目睹漫天星光的璀璨的信念。
凡颤栗过的秘密,都不会
无端于我们只能在道旁
看到几根断弦。非人的,
未必就不能非凡一小会儿。
人是人的美丽的错误,
这样,我们才会有可能。
这秋天的园子,一点也不像

时光的隧道,反而像
被切开的、安静的子宫。
我承认,十分钟前
我确实反问过我自己,
我还能在这雀鸟的叫声中
做些什么呢?假如我无法确信
你的沉默是最高的奖赏。

2016 年 10 月 6 日

秘密的请求入门

请允许我在最黑暗的命运中
使用这个词：湖畔。
来自波光的启示恰如其分，
沉没甚至不代表死亡，
倒影也不虚幻你是否能体会
那喀索斯比绝美还心软。
请允许我将人的痛苦
介绍给你的口哨，然后请允许我
毁灭性地收回我的绝望。
再往前走，一个水体自在着
小中见大，叼着金黄的月亮，
将我们在黑暗中领略过的
最美的身体远远甩在
平原的尽头。大湖有大湖的跳板，
开阔甚至能稀释所有的
死结。但小湖的堤岸
也没输给风景的起点。
除了爱，一切都是假象；
但多数时候，我们都太聪明，
往往止于爱是最大的假象。

旁边，秋色已是最高的奖赏。
助跑吧，将摩擦力极端到宇宙的秘密
离你也不过只有两米远。
请允许我在我们的秘密中
重申这个词：湖畔。
一走神，好大的缓冲竟然可以
安静于这无解的风情。
请允许我把它作为我的
私人边界，然后请允许我
将人生的警戒线
悄悄挪到那排银杏树的背后。

2016 年 10 月 4 日

完美的闲置入门

古刹的门栏远远低于
售票处只收人民币。
跨越之后,仅仅几个侧身
已表明人的心事逃不过
法眼无边。庭院的布局
岂止是精通我们的深浅;
几条路径都已被香火熏过——
一大捆干净,兜底心静比心经
更通俗,沿柏树荫散落开来,
像无形的泉涌漫过你的脚踝。
如果把布景就这样撤掉,
纯粹的个人如何真相?

但愿我有足够的慧根,
主动去选择被化身说服——
比如,半棵七叶树就可以
将我催眠到你正趴在
我身上,专心雕刻着
一千年前的花岗岩狮子。
其实也没什么好解释的——

最好的导游,永远是脸膛
比你更黝黑的,手拿铁锹,
穿着蓝布褂的园丁。一侧耳,
喜鹊的叫声里,求偶的音频
依然像夜晚的刹车声。

正如无限好暗示过的,
每个人更愿意在私底下面对的
黄昏,是一座悬崖。
但往下跳,却什么事儿
也不会发生。旁边的游人
只看到:你正闲坐在平放着的
比圆柱还图腾的柚木上,
拍着斜斜的木纹,像拍着
缅甸亲戚的光滑的肩膀。
很明显,宇宙进化到今天,
还从未有过一根木头,
和诗人的经历如此吻合。

2016 年 10 月 1 日

在聂耳墓前入门

——赠赵星垣

青春的黑暗中,我和他之间的
私人距离曾那么接近:
一个短暂的偶像,闪耀于
历史曾多么无知。最奇妙的,
时间比时光更容易凝固,
一旦超越年代,勃发的英姿
就犀利在一捆干柴之上。
假如真理还不够荣耀,
什么样的肯定能最终安慰
一个人的牺牲。误会被点燃,
那熊熊的记忆之火
仿佛照亮了催眠术的内部——
偶然的野孩子,但在必经之路上,
他成长于纯粹的音乐
取道云南,像来自法国的洪水一样
冲破了地域和地狱之间的
种种壁垒,将收编在
革命性的命运之花中。

但也不必讳言，作为爱吃
腊肉炒蘑菇的激进派，
他似乎更喜欢将自己埋没在
国家对体育的无限拔高中——
他划水的、黝黑的臂膀，曾劈开过
洱海的银色琴盒，也曾击打过
太平洋的小音箱。锻炼之后，
血，黑暗的青春中的小水泵，
将进行曲注射到祖国的脉搏中。
他做了命定中的事情，以便距离
拉开后，我们能更清醒地判断——
我们对历史的无知曾很可怕，
但依然比不上历史对我们的无知。

2016 年 9 月 11 日

第二卷

就没见过这么圆的灵药入门

专有的感叹。你我之间
曾几何时可圆满于
哈密瓜很好吃。手指上全是
黏黏的蜜液。但我们知道
在清洗之前,我能用痒痒的甜指头
做成好几个比原型还圆形。
凡空心,凡需要填补的,
就交给神秘的主动吧。砍树的人,
一拍肩膀,就比吴刚还像后羿。
而流下的汗,稍一涂抹,
悬挂的月亮便会暴露
整个宇宙的秘密器官;甚至你的
孤独的钟也在里面微微发亮。
多么值得庆幸,我的灵药
既不是我,也不是你。
而你的美,仿佛可以令碧海青天
再一次领教嫦娥的动机。
其实被偷过一遍之后,这世界上
还有好多更好的灵药呢。
我祈祷,你依然有胆量返回现场,

并甘愿忍受人类的无知，
将它又一次带向皎洁的戏剧性。

2016年9月15日中秋节　成都

与其抵抗冬天不如探索冬天入门

为了探索你的冬天,
黑夜在通往北方的路上
挖了一个洞:很原始,一只棕熊
如果找不到爱情的秘密
出口的话,会在里面走上一百年。
疯狂的脚步,它们丈量出的
漫长的迷失,已弥散为
一股代价昂贵的气流——
你以为百年孤独是怎么来的?
没错,的确有一些看起来
像是早有预防的措施
令你感慨:深入未必就意味着
缺少神秘的光亮。那里,
旺盛的炉膛野蛮如
一个美丽又开放的器官;
源于人体,又扩展了人体。
传递中,火苗打着唯一的拍子——
生命的节拍,爱的节拍,
甚至宇宙有时宁愿委屈一下
自己的替身的节拍,都已含混在其中。

但你的头脑却很清醒，
就好像那一刻，明亮的寂静
胜过了一切时间的凝固。

2017 年 1 月 8 日

火炉入门*

> 诗人是伟大的反专业者
> ——梅·斯温逊

冬天的魅力本来就范围狭小,
就仿佛它只愿意在角落里
协调一种秘密的视线,
令生硬的树枝充满北方的性感。

而这样的美,本来偏僻得就如同
在你和那些树枝的关系中,
每只展翅在偶然中的喜鹊
都是可爱的第三者。

看不见的雪,只是封住了前门,
却放任后门,与寂静配对——
向着内心的深林无限敞开。
冬天的郁闭度,心灵投下的影子

---

* 据记载,《草叶集》最初发表时,曾引发强烈的抵触。美国诗人约翰·惠蒂埃就将惠特曼的《草叶集》扔进火炉,以示轻蔑。

将铅灰的云海赶向野猫的无家可归史。
好多缺页，不恰恰从反面
说明了从通红的炉膛里伸出的
火焰之手，为什么会如此显眼吗？

据记载，惠蒂埃就曾把惠特曼的孩子
扔进轻蔑的炉膛，以便你
有机会领略：仅凭心灵的召唤
还不足以完成那绝对的辨认。

2017年1月3日

台风海马入门

——赠卢卫平

情侣大道的另一侧,白头浪
开始加紧揉搓变天的
预兆。但那样的动机,比如
非得给台风起名叫海马的
种种缘由,隐秘得就好像
十五年前你确实领教过
那曾被小小的海马放大过的
生活绝不只是人生的
一次例外。我们都逃不出
人的缩影。每个变形记
似乎都爱上了忠实于你中有我。
来自海龙科家族的样本,
如果是活体的,喜欢将马头侧偏过去,
以便你能在你的奇遇里
更好地把握它雄性的奇特——
比如,棕色的育儿囊就凸起在
新月般的鱼肚上。孩子们出生时,
雄海马负责剧烈扭动身体,

大海则负责传递永恒的咆哮。
而晒干后的，决意将你身边
所有的酒，都变成一座
深色的太平洋。假如你
真打算释放你身上的黑太阳，
它会主动游向你，把自己缩成
一副扳机，以便你能就近听到
那无声的世界里有一个靶心
正将你摇撼成一粒风暴。

2016 年 10 月 26 日

立冬日早市入门

郊区市场,大棚高过了
火车站的屋顶,但流通方面,
空气浓浊得却像一块
你正往上面钉钉子的木板。

每个人生的缝隙里都站着
不止一个木偶。旁边,货品堆得
像廉价的奖品,应有尽有,
甚至下下辈子你要的东西也在里面。

仿佛和生活的窍门有关,
疲倦注解了丰富,但狡猾的钞票
并不领情。一切都逃不过
野狗偶尔抬起的眼神。

最好的石榴十块钱一斤,最好的
山楂四块钱一斤,但最好的表情
没有一点线索,虽然最好的时间
注定只能在你的舌头上称出。

第一阵秋凉入门
——赠潘洗尘

这夜晚的道路由勃起的
虫鸣编织而成。我踩上去时,
你的脚步,果然更轻盈。
往左,它通向松了绑的未名湖;
往右,它把西山的剪影
揉碎在草木的黑色气息里。
尘世的堕落为你清点出
这孤独的妙用。最大的我
正凭借一个小小的越位,
从我裸露的皮肤上醒来。
好多分身术,其实都不如
在深呼吸里再挖一个洞
更解气。星光的浮力
甚至明显得能把你再次扶上
千里外桑科草原的马背。

2016 年 8 月 27 日

七夕入门

瓜果架下,玩具突然暂停。
一串葡萄就能酿就
半座心碑,一阵风就能判断
这世界还有没有戏。
玩偶们脱胎于替身
还算有情有义。一抬头,
银河才不冒失爱河里
还剩下多少污染呢。
无牛可牵时,我牵我
来到织女星的舌尖,
请慢慢煮我,如果你是火。
或者,请将我浸泡在深渊中,
如果你还没有找到
另外的洞口。请小心剥我到
洗过的碗中,如果你
还不能确定你是不是
仅次于爱的利刃。
或者,现在就开始称吧——
既然在你我之间,

每一滴爱情，都曾无情地
把宇宙砸出过一个小坑。

2016 年 8 月 9 日

比柳绿更对象入门

这是它的目光,里面有
池塘的记忆如同一只筛子。
时光的流逝是残忍的,
因为它只是表面看起来
很接近宇宙的某个真相。
同样,出于无名的羞耻,
我其实不太肯定我们是否
依然还有资格站在那里。
也许挑明这一点,反而有助于
我们从这残忍中获得
神秘的好处。比如凭着
抽象的饥饿,你至少卷入过
影子的激情。几乎每个循环
都像一条皮带从内部
勒紧过人类的无知。而我们
也确实向往比自然还真实。
堤岸上,迎春花率先抛出
带刺的黄耳环,试探《金驴记》里
到底还剩下多少倔强的
北方好人。这依然是它的目光,

带着梦的眼神,朦胧的鞭痕,
严格于小土坡上,每一朵山桃花
都曾是地方政治的小补丁。
仔细一看,原来有多好缝隙
都急等着无土的挖掘呢。

2016 年 3 月 23 日

三月三入门

解冻的小湖也解冻
你和世界之间的一个消息;
不必哀叹,假如喜鹊
没有按原来的意思
把口信全部带到。它能做到现在这样
而没失去可爱的天性,算得上是

一个小小的奇迹。
而你能判断出其中的缺失,
说明你已足够老练。一个消息
说到底,不过是一阵风声。
譬如,和喜鹊的疏忽相比,
人的缺陷是人的秘密的一部分;

就如同爱的秘密是世界的
不完美的一部分。这样,
才有发挥的余地。这样,
三月的风,才不会混同于
大地之歌越来越内向。这样,
落日的冷静才没有辜负你的天真。

元宵节烟花入门

圆明园以南,习俗比风俗
更接近于脱缰。无形的,
但始终在奔跑的,时间的马群
在我们和月亮之间完成了
一个神秘的来回。世界之窗
其实也可以因这些透风的缝隙
而变得很普通。窗内,
因沸腾而浑圆的小东西
已将高潮掀起。另有些东西,
因浑圆而沸腾,也正等着
新的命名。窗外,禁放的烟花
不断飞向寒冷的半空,
在幽暗中耕耘出一片灿烂——
一半是露出了牙齿的图案,
一半是乱舞着龙爪的图腾。
我觉得我很分裂,一边是禁放,
一边是灿烂。我赞同禁放,
但主张适可而止。我更要求
我必须有机会和相爱的人一起
面对这样的灿烂。当然,

最好也能顾及一点那些反对
燃放的人的底线。偶尔，
我会矛盾于这灿烂本身
很可能就是一种底线。很可能，
它们的消失意味着我们
被剥夺了一个故事。我也愿意
因这矛盾而检讨。但前提是
我必须获得一个保证，以便
我能在这古老的风俗中始终看见：
不同颜色的烟花，带着它们
震耳的脆响，鲜明的闪烁，
从近乎麻木的天空中成就
那短暂而强烈的性爱般的喷射。

2016年2月23日

双鱼座入门

两条鱼早已埋伏在
天空的深处。太深了，
以至于看上去，我们反而像
我们的诱饵。任何结局，
哪怕是在虚无那里赌赢了的，
都已经太迟。但两条鱼
却不分大小，努力从流逝中
获得命运的气泡。私底下，
凡流逝能酝酿的，它们都会再给出
一个更迷人也更动荡的旋涡——
如果还没学会接受，
不妨用刀尖试一试冷热。
记住那味道。伟大的平静
绝不会因偏僻而辱没普通人的耐心。
正如它们，仿佛有点意外的，
从你的名字里称量出
时间的种子和时间的果实
在我们身上具有相同的质量。

2016 年 2 月 20 日

情人节入门

空气越来越像透明的绳子,
如果你还能在我身上找到
可以拿得出手的礼物,
这正满溢在安静的北方平原上的
冬日的阳光就是我的情人。

而黎明越来越像放在银盘子里
送给自我之歌的一杯咖啡;
所有的苦,特别是你以为只有
你曾忍受过的,都不过是一扇小窗户;
打开它,从屋檐上飞走的鸽子

就是你的情人。请不要小觑
这些词语的疗效;或者,有时间的话,
请尽量不要怠慢这生命的技艺。
如果你仔细观察,周围的树木
已越来越像暴露的防线:

从人间突进到自然,你的肉体
是你正驾驶着的骨头坦克。

而更艰难的战役，显然是你能带着
全部的记忆，从自然返回到
每年都有那么一天，我会在老地方等你。

时间越来越少，正如甜蜜的恐惧
越来越稀薄；唯有鸟越来越多——
飞翔即问候。但愿我能凭个人的偏见
赢得一点神秘的善意；如此，
我无意对你隐瞒，世界是我的情人。

2016年2月14日

鞭春记入门

太多的隐喻流动在
春天的两侧。彼岸即此岸，
窍门就是，彼岸花从不开在彼岸。
否则大地的麻木便会费解如
你为了找回一头黄牛
而去过火星三次。没错，
从来就不缺少比时间隧道
更好的崇拜自我的工具。
关键在灵活，否则
那颤悠的花心怎么可能
像一只碗，接住即将融化的
冰水和眼泪的无从分别。
猛烈的无形中，也只有它看上去
一点也不像上帝之鞭；
但它并不满足于仅仅成为
垂挂在肉体的迷惘之上的
优美的静物。它邀你回到祖先的场景；
那里，涂彩的泥牛早已塑好，
悠远的回音和生命的苏醒之间
最值得信赖的关系仿佛是建立在

你有足够的时间判断

这样的事情：所有的鞭笞中，

只有它举起时，不需要紧张的肉身；

只有它挥舞时，不像地狱里倒塌的圆柱；

只有它晃动时，不像眼镜蛇的美人计。

2016 年 2 月 9 日

女儿节入门

好多细节已来不及求证,
想象的事实中,男人们
好像刚刚从事过比伐木
更具象征性的工作:比如,
在秦岭南侧,沿偏僻的秋天
树起一面比节日还宽大的镜子,
以便着装艳丽的女人们表演翻身时,
碧绿的江流总能在你我身上
找到一个比历史的突破口
更朦胧的舞台。细雨就很准时,
骑过的毛驴,也已转型为凤舟,
但尺寸,绝不逊色于龙舟。
我注意到一个小小的插曲——
当竞技中的凤舟拼力划向终点时,
一只白鹭却在它们上方,
奋力展翅在相反的方向,直到
远山的轮廓模糊成
一种比怜悯更大的慷慨。

2015 年 9 月 2 日

冬天的现场入门

　　一棵树如何置身于
北方的风景,主要取决于
你的脚心是否大于
你的决心。偶尔,用手心
轻轻拍打脚心,也会管点用。
风,从河岸上吹来时,
一棵树首先挺直了
它身上的性感。晃动即漏洞。
迷人的距离俨然出自
命运的雕刻,甚至连死神
也插不上手。绝不可能
找到使用过利器的痕迹。
好像就发生在昨天,
绿叶婆娑你身上
有可怕的时间也不曾
拥有的东西。甚至见过
将神秘的生命舞蹈扯成
反光的碎片的人,也认不出
那东西究竟是什么。
冷场也不会。好在那棵树

始终都原始在第一现场。
仅有的变化似乎是：
春夏之际，它身上披满树叶时，
你能从远处就认出它的
品种甚至树龄。中秋时节，
随着树叶颜色的加深，
这辨认的距离，还可以拉得更远。
但现在是冬天，你必须走得很近，
才能观察到：和旁边的杂木相比，
它究竟是如何与众不同的。

2016年12月12日

冬天的判断力入门

——赠严力

旁边,苹果树的叶子
快落光的时候,似乎发生过
一场竞赛:山楂树的叶子
几乎是在一夜之间
全部落尽的,而柿子树的叶子
则在喜鹊的好奇中
挣扎了很久。甚至花猫
也对橙黄的柿子会在哪一刻
从树枝上坠落很好奇——
就好像上星期,它目睹过
坠下的柿子,在杂毛狗的
天灵盖上,精准地,开花般地
击中了命运的嘲弄。
相对而言,另一种嘲弄
仿佛要友善些:就如同
一个人只认得出
开花的樱桃树,或长满
绿叶的樱桃树,对立在眼前

只剩下光秃秃枝条的
樱桃树,他的判断力
往往会犯最低级的错误:比如说,
看样子,它很像一株海棠。

2016 年 12 月 8 日

高原蓝入门

几乎没有过渡，蓝比天高
一下子就完胜心比天高：
这落差，竟然无名于
敏感的日子刚过不久。

你的本色甚至不必出场，
视觉的盛宴里，便全是自然
比偶然正派。白比云白，
对流有一个杀手锏你早已忘记

它的学名叫淡积云。假如你想好了
它不叫北京蓝而叫高原蓝，
一个纵身，确乎也可以发生
在原地和本地之间。

2015 年 6 月 12 日

向晚学入门

对应于小湖带给我们的
一种安静,六月也给小湖
带去一个秘密的弧度。
下半场,生活的颜色会很深。

提前一点,优美一下,相当于
你给比短裙还短的假日
穿上了两双凉鞋。一番精确后,
大多数场合中,比时间深刻

远不如带着盒饭去湖畔
寻找倒影里的好人。至少,
你还有机会面对:我像不像?
或者请帮我判断一下,小鱼用亲嘴

频繁挑逗弱水的同心圆,
算不算严肃的游戏?西山偏北,
彩霞令现实尴尬,世界的原样
原来竟谐音飞走的鸳鸯。

这秘密，近乎一份契约。
毕竟我们也同意，彩虹令真相易碎，
但彩虹不是彩霞的表妹。而彩霞的替身，
至少目前看来，比我们更可疑。

2015 年 6 月 3 日

重阳节入门

以菊花为床,但是不饮酒,
你不会看出来:它们的睡眠,
随着吞下的花酒,变成了
我们心中的词语。相反的方向,

我们用鸿雁的影子制作了一顶帽子,
如果你愿意,随时可以戴上它。
但是,我们的秘密还不是你渴望质问的:
我们都对借宿在菊花中的词语干了什么?

别的时候,我们是生活的影子。
而这一天,仅仅随手撕下一张纸条,
生活就变成我们的影子。
给菊花一个高度,意味着

给心中的词语一个高度,
然后在秋风中攀登它——
直到我们的真实送你来到
微微抖动的羽毛的背后。

醉春风入门

你模仿过乌鸦,但你不会承认。
你喝多了;但仍能喋嚅到
这一步,真理像半瓶酒。
寂静的河滩上,如钩的月亮下
春风的颜色是一粒黑米。
我喝得不比你少,就差没把虚无
全吐在时间的矛盾上了。
下半场快结束时,雪花梨的分针
划过蜂蜜的下巴。心惊
一旦微妙,就好像只有水仙的政治
从未向我们的恐惧妥协过。
我们其实都误解过你并不需要同情——
比如,你模仿过麻雀,但你并不知情。

2015 年 3 月 22 日

白夜入门

这白夜中的白夜,
我的孤独即我的理智;
摇曳的烛光荒疏于安静的勾勒,
唯有你,依然大于生命之美。
新的边缘不断涌现,
语言的黑暗怎么也拗不过
这小小的手腕:捏紧它,
它便是情感的钻石;
一旦松手,它也不坠落,
它会突然展开,翻飞如意志的蝴蝶。

2015 年 3 月 18 日

陕北的黄昏入门

黄土的黄,把世界分成两半。
一半在上面,另一半
什么时候在下面,并不确定。
你,夹在生活中间,
像一条慢慢抽动的,缝合线。
更风景的是,随着马达的
颠颤声渐渐被黄昏吞没,
西北风的西,把历史劈成了两半。
一瞬间,大漠仿佛还在,
而孤烟,则取决于从远处
你如何看待我的影子。

2015 年 1 月 12 日

新年寄语入门

冬天的静物。诸如文旦浑圆如皮球,
引导猫,穿越沙发上的
沙漠哲学。仔细再看,
好像只有绿萝愿意正式加入
生命的谈判,且一点也不在乎
我们开价很低。两米外,
凡已出场的大小魔鬼,都输给了
蒙着厚厚一层灰的电视机。
绝对国产货,甚至连玫瑰
比你幸福,也都很祖国。
除死亡外,只有孤独
能唤醒愤怒的美德。这么说吧。
最好的时光仍会围绕冬天的苹果
另设一个中心,但是很抱歉,
这些,对游荡在昏黄的烛光
背后的我,已不起作用。

2015 年 1 月 2 日

第三卷

白园入门*

白园深处,没能认出
这秋雨中的蜡梅,我就得认罚。
我必须伸出手,稳稳接住
你在我身体中的崩溃。
原来牡丹的后台也硬得
像《长恨歌》中的牙齿。多种树,
诗,就会从陌生的身边
自己长出来。但最妙的,
还是借性情虚晃一招,因为
最大的可能就是独善;
引用荻花时,在伊河上
兜圈的白鹭,甚至能打断
世界性的丑闻。很显然,
和人生的秘密相比,酣畅是
一个独立的事件。最容易
酣畅的,或者最容易
和酣畅发生关系的,不是
被叮过的心,而是你的四肢。

---

* 白园位于河南省洛阳市龙门石窟景区,为纪念唐代诗人白居易而建。

没错。好多美好的成就
其实比琵琶峰还低调呢。

2016 年 9 月 30 日

白马寺入门 *

半雾半霾。但好像被雾霾埋过
一千遍,也不能算是半死。
刚刚下过的秋雨按下
银亮的弹簧,女贞的树叶
清洗好小小的笛子;而报应
已堕落成游戏,神秘得
就好像流向洛神的回水
能让牛生出比马还漂亮的骆驼。

都提到嗓子眼了,所以
天神只好迁就天机;稍稍偏心
人间一点,桂花的秋香
便浓烈得如同一张收紧的网
将你裹紧在无神论的漏洞中。
就自我改造而言,意志越孤独,
越好使;但其实,私下的虔敬
能带来更多也更友好的启示。

---

* 白马寺位于河南省洛阳市东 12 公里,始建于东汉,中国佛教的发源地。

鸽子盘旋时，狮窟陌生一块匾额。
忽然间，我意识到我浪费过的
最多的东西就是：我是猫
即我是你。拐角处，假牡丹效仿
每朵真牡丹不仅不过瘾，
还不讨巧风俗的虚荣。
不过一圈走下来，客观地讲，
几尊石马确实比白马的替身

更过硬，完全经受住了
风雨的撒娇史。请想象
在历史的困境中有过一件东西，
它曾帮助时间克服时间——
骑上它之前，你是一个人，
骑过它之后，你是另一个人。
没错，大多数场合中确实
没几个人能认出这前后的变化。

2016年9月28日

过华亭寺，或碧鸡山入门*

密林的后面，葱茏里
挤满了片刻的解脱。
天光和阴影交错着
时间的插曲。每一棵树
都仿佛在用它的无名
兜底你的无名。聂耳墓附近，
高调的蝉狠狠修理着
爱的警句，但直到交配
完成后许久，它们依然不知道，
它们爱上的是美丽的聋子。
想想看，那么小的躯壳中
竟能容得下，那么亢奋的爆发力——
据说，为了发出那些爱的尖叫，
雄蝉腹肌里有个小东西
每秒要伸缩一万次。
但我不是法布尔。我更想
随便扯下一片树叶，就能认出
隐藏在轮回中的善意。

---

* 华亭寺，位于云南省昆明市西山森林公园。

四周的绿意即便有点迟钝,
也难不住流淌的汗水;
我好像已看清我是如何迟到的——
台阶的尽头,望海楼
已支好远眺的视线;我能做的,
就是把身子尽量倚向
那刚刚被阵雨冲洗过的栏杆。

2016 年 8 月 26 日

潭柘寺入门

放心吧。我们做的白日梦
不会让世界发疯。我甚至知道
如果我的承诺遇到麻烦,
春天的道德也不会放任不管。
每一棵新芽,都如同
我们和自然之间的一根发条;
没上紧的话,你绝对可以
跳起来,踢石头两脚。
贝克莱[①]没摸过佛头,
绝对不是唯物论的对手。
半山坡上,野丁香奔放
如同喝醉的花篮;喜鹊搭的桥,
只有小蝴蝶才敢去试驾。
小范围内,即便结果不公布,
也会有一张网,悄悄撒向
起伏的忘我。给心声按一个阀门,
里面全是潮汐的回音。

---

① 乔治·贝克莱(George Berkeley,1685—1753),英国哲学家,近代经验主义的代表人物。他的著名立论有"存在就是被感知"。

甚至你最遥远的叫喊
也淹没在那固执的咏叹中。
还是眼前的你，更接近
一次完美的活泼。你就像飞回的
候鸟，溜到山桃花枝下；
先是察看春色的绝招，接着
便陷入端详轮回的新意。
山门的边缘，我大致可以断定：
生命里有一个可疑的成就
逼真如你在十五分钟前
确实说过：我还是喜欢
山上的山桃花。桃花的前面
就应该有座山，哪怕看上去，
它只是一座小小的野岭。

2016年4月11日

戒台寺入门

怎么，这里居然也有
一座叫马鞍的山？
因为缺雨水，风尘的脾气
比浮土还坏。看样子，
唯有戒坛旁的黑牡丹精通
如何在本地升华一个忍耐。
千年的白皮松令沧桑
可疑如我还没有遇到
我的虔诚。是的，虔诚即前程，
是不是有点过于巧合了？
听上去，就好像这时节，
适合攀登的路，果然
都以防火的名义被封堵着。
而据兜售山桃木的村民透露：
五月以后，想上山的话，
就比现在随便多了。
山不在高。每一次，
哪怕只是在矮矮的山顶上，
我也能像戒掉半个宇宙那样
戒掉我的身体。每一次，

持续的时间都不会超过五秒钟。
但每一次,我都觉得
这五秒钟,不曾短于五百年。

2016 年 4 月 9 日

苍山夜雨入门

——赠赵野

如果你理智,山色正加重夜色;
如果你渴望纠正孤独,
此时,雨声已胜过余生。

再没有比雨更好的线索,
再不会有比雨更合适的渔线,
轻轻一拽,我已游向我。

如果不是存心隐瞒什么,
我们怎么可能会不知道
鱼的快乐呢。时间是浮漂,

人生的表面正叼着一口冷气;
雨,加深了水的肖像,
夜,从我身体里借走了你的乐器。

2016年8月24日

巴松措入门

川藏公路，一个急转弯
将最陌生的我抵押给
奔腾的绿浪；需要补全手续时，
翱叫的沙鸥冲着青冈树播放
领略一次天心，你究竟
还要干掉多少顽念。
越接近源头，河谷越像峡谷。
深入到这地步，自然的面具
注定也是生命的面具。
比最美的美景还美；更惊心的，
它比我面对过的所有仙境
还准确。它圆满于你我
仿佛可以来自任何角落，
即便是错过了青春，也依然
可以混迹在垃圾人生中，
凭伟大的自性去捕捉
心中的蝴蝶。它为我做的事，
也许我终生都无以回报；
但也可能，连这样的念头
都是对它的一种误会。

我们的出现,对它来说
太过偶然;但它为你准备的倒影
和它为四周青山准备的倒影,
看上去,并无本质的差别。

2016 年 9 月 27 日

比林芝还秘境入门

火棘的背后，一直在撕咬浪花的
溪流，将河滩上的滚石
抚摸成圆滑的乳房。粉身里
不一定就有碎骨。忘我，随时
都会发生，密集得像落叶
滑过小彩虹的嘴唇，但不一定
就物化到，还真没有白来。

哗哗的伴奏，将我们带回到
冰川的秘密欲望中。原来，
原始的美，比想象中的，
还要开放：完全不在乎
我们身上还有多少野人的影子。
一抹黛绿，悄悄将宇宙的，
底限，塞进你的眼角——

想不觉悟到天真，还真有点难。
据说藏药的始祖也曾在这里
细心炼丹。而几乎快绝版的天堂
则不缺少几根现实的神经——

观景台上，当地人指点：翻过山去，
就是麦克马洪线。难免会有神伤，
但好在风景比人心更正确。

2016年9月26日

尼洋河畔，或黑马正在渡河入门

——赠傅元峰

源头方向，一个碧蓝
只需半小时，就可以成就
不只一个洞天。时光是美好的，

只要我们能看得懂世界
是一个逼真的寓言。甚至深刻于
明亮的单纯，也是可能的。

附近，喜马拉雅山正在准备一个拐弯；
青峰之上，白云比悠悠还醒目——
但意思，你得派另一个我，亲自去挖掘。

比翡翠还激动的大河，已习惯了
我们的迷宫还有后门。凡能置身于
敞开的，节奏就能决定命运。

两匹年轻的黑马，仿佛已厌倦
在我们中间寻找骑手；它们将黝黑的

欢乐,狠狠抛进湍急的水流。

它们追逐着彼此,在冰冷的倒影中;
它们平行嬉戏着,在陌生的危险中,
它们仿佛不知道你会在岸上

注视着它们。它们把我们的世界
远远抛在了我们的身后;恍惚中,
它们一会儿是骏马,一会儿是完美的畜生。

2016 年 9 月 25 日

沿南伊河入门 *

——赠陈人杰

一个猛子扎下去,世界上
最危险的词突然改变了
原来的主意;迷人的
蓝,幽深如一个明亮的空洞,
在白云高调的洁白之上,
探索我们的秘密。原来等待
你我的,任何一个等待——
从虎耳草的花心到松萝的奇效,
都不会因陌生而显得遥远。
同样,它们也不会因遥远
就不再等待我们的等待。
视野之内,凡起伏的,
必有一个横飞,埋伏在
宇宙的背后。葱绿的山形,
垂直的松林陈列着一个
又一个原始;还有好多意思
等待我们去捕捉。给我浪花,

* 南伊河,自南向北,流经西藏米林县,汇入雅鲁藏布江。

我就游到比我们的裸体
还纯洁的对岸；给我倒影，
我就能游进大地之歌；
给我空气，我就能游进
珞巴人的灵感；给我山谷的回声，
我就能游进你的肺腑。
甚至只要给我一点光的影子，
我就能游到比死亡更远的地方。

2016 年 9 月 21 日

双河溶洞入门

——赠周庆荣

在亚洲第一长洞后面
还将有三次并列:最偏远的洞
和最年轻的洞,紧紧并列在
系统性的地下秘密之中;
比寒武纪逼真的是钟乳石
也会发芽,比四亿年前更抽象的是,
你居然猜到它里面应该有
比蝙蝠更奇异的、会飞的东西。
再往前,它负责将我们偶然的进入
一直延长到美丽的洞
和幽暗的洞,并列在脑海的深处。
这里,既然开花的石头
如此普遍,你说你刚刚穿过
世界上最窄的地缝,
也是可能的。谁会辜负
来自寒武纪的负氧离子呢?
这里,无知的游客如何自我
是另一座溶洞。不信的话,

带暗河的洞和长满石葡萄的洞
将长久并列在生命的记忆中,
直到你承认,每一个洞都藏有
只属于你一个人的风景。
比如,洞上有洞,洞中套洞,
黑暗中的飞瀑,在母亲之外,
甚至让你汹涌地想到了
那第一个教会我说话的人。

2016年5月13日

钓诗，或人在清溪湖入门*

暴雨刚刚下过，人生如水，
自然的秘密如水，
通向宇宙的捷径如水，
捆绑过自我的绳子如水，
理所当然的，爱只能很浩淼。
两边的崖壁像变了形的
窄门的门框。倒悬的钟乳石
为我和时间的另一种关系
储备了足够的牙齿。
就在鸳鸯展翅的那一刻，
飞瀑比白云更任性。
时间很短，但抛出的细线却很长。
钩子很尖锐，但对象
却不是刚吃过小鱼的大鱼。
就好像只有这一次，
我不再纠结我是不是一个诱饵。
或者，就在此时此刻，

---

* 清溪湖位于贵州省绥阳县青杠塘镇。

我是我的诱饵，无可争议地
胜过了，我是他们的诱饵。

2016 年 5 月 11 日

钩弋夫人墓前入门

手里握着出汗的玉钩时，
她的美就已非常深奥，
甚至深过最高权力的
最幽暗的子宫。从那时起，
不论角色如何精心，
命运都不过是插曲。
受过宠，她是武帝的插曲；
宫殿越大，春药挥发得越快。
一旦厌倦，甚至刘彻自己
都意识不到，他其实
也是这美人的插曲。
不曲折，怎么对得起
可怕的美在男人的爱欲中
投下的恐惧的阴影。
表面上，她死于人心
已被绝对的权力所败坏。
风情的极致，恐惧已是
权力的另一种春药。
甚至没有什么悲剧能配得上
她的无辜，爱过她的男人

假如不变成一只老虎,
历史就不可能及格。
她的美,注定是精明的——
从一开始,就不属于
她娇娆的身体;合理的推测
似乎是,垂帘的尽头,
她的美也是一个历史事件,
始终以她的身体为现场。
毕竟,那向她展开的怀抱
是晕眩的原野,也是
苍莽的北山。即便是现在,
我们愿意介入,它也依然是
一个无法克服的假象。

2016年5月6日

日则沟尽头入门

——赠杨献平

朵尔纳峰巅的白雪
清晰得像刚被湛蓝冰镇过;
一抬头,静静的漂浮
果然很隐喻:白云像婚床,
从未背叛过你我的本色。
长海下的潜流里,昨晚的青稞酒
已醒来大半。簇簇水蕨
如同梦的饲料,挑逗你
是否还记得上一次经历变形记
是什么时候?赫拉克利特说,
人不能两次踏入同一条河,
但此处是源头,群山囚禁着的,
显然不只是它们自己。
万物的变化反而如同一个假象;
一切觉悟都取决于你
能否安静得好像很有主意。
与诗同行,还是要坚决一点——
即使回到真相和风景,

也没有什么是语言无法表达的；
当然。现实一点，确实也有
节约时间的更好的方法——
比如，把自我之歌当场就交给
好几个瞬间，一切
都美得让人屏住了呼吸。

2016年12月2日

五花海归来入门

——赠蒋蓝

这样的事在别处
绝不可能发生:犹如磁铁
吸引的,不仅仅是你的肉眼:
水蓝胜过了天蓝。波光的变幻
将时间压成一张复印纸
伸进你身体中的心灵打印机。
结果出来得很快。从周围的
山形判断,甚至鬼斧
也迟到过不止一回。
题词人很可能刚在箭竹海的
后山坡上抱过熊猫;
旁白微弱,但依然不亚于
日则沟里早有异样的回音;
你的平凡,不仅仅是在此
没法把你交代清楚。
做过太多的减法,所以
也不可能是梦境。另外的答案
同样有问题:仙境里

怎么会有这么多人挤人。
奇境，或许可用。至少它
听起来，像你刚刚骑过
一匹叫镜子的阿坝马。
偶尔一扬鞭，人生的踪迹
竟然多过现实的痕迹。

2016 年 11 月 23 日

人在九寨沟入门

消融的雪水沿美丽的歌喉
润色着叠瀑的自由宪章,
你随时都有可能进化成
两个同时存在的人:喧嚣的
水帘外面,一个你忙于聚焦,
用像素收藏永恒的瞬间;
另一个你,深入到水帘的后面
刺探精灵的自然观。第一印象,
红桦的性感,冷杉简直没法比。
五彩池畔,斑斓的湖光玲珑
不止一个天心即童心。
就好像你在不在场很重要,
真实和梦幻这对冤家
同时输给了大自然的舞台;
密集的倒影将一个秘密
婀娜在你的肺腑。敢不敢
把人生的起伏就这么
托付给比顿悟还沉淀?
在此,真正的主角是沉淀。
一个念头突然闪过脑海,

管它叫天堂的人，一定不曾
见过真正的天堂；和地狱对应的
天堂，远远配不上它的绚美。
也许有走进过天堂的人，
但走出天堂的人，多半已人鬼难分。
但这里，沿树正沟深入
一个奇妙的世界，很容易——
有点像在熊猫的婚床上散步。
你还是你，只不过已分身有术。
或者顶多，你是你的山神。
我们已看出，但绝不会误解你。

2016年11月20日

神仙池入门

远处，海拔4000米的山顶
积着的雪，像白色的翅膀。
近处，密林和灌木构成
天然的浴帘，将美丽的钙化池
围在世界的起点。比湛蓝
还安静，就好像偌大天地间
再不会有别处：一种气氛
能胜过风水的奥妙。真要
下水的话，甚至伟大的新生
都有可能输给一次陌生的浸泡。
旁边就有神泉，免费如你的手
才伸到一半，水的莲花
已捧到胸前。按藏语的意思，
这里也确是仙女沐浴的场所。
天香已将空气渗透，只要吸几下，
人的肺腑就是神的缝隙。
没错，仙女曾经在此濯洗
她们的天资，将来也还是；
但此时，唯有风景在支撑现场。
唯有仙女的幻影匿藏在

迷人的清澈中，考验
你我的眼力究竟有没有
过人之处。最深的印象
如同一个总结：风景的秘密
无非是生命从不缺少
一个奇迹。更奇妙的，
在这里，你刚喝过的水，
两百年前，没准就曾参与
沐浴你的一个前生。

2016 年 11 月 16 日

龙塘诗社旧址入门

沿季节的沉默,反向押韵,
盛开的紫荆驾驶金鸡的记忆,
将我们这些刚刚穿越了
雾霾的星际隧道的北方佬
卸载在石龙的出生地。
凡流动的,无不在冬日的春水中
提速过身体里的潜流。
一遇到拐弯,岭南的假山假得
甚至世界观都想脱去
冬天的内裤。轻轻一吹,
金牛就能瘦成仙人掌的模特。
有好酒的话,好天气还需要风车吗?
万物曾离去,而后又将你
从永恒的轮回中狠狠掷出。
万物都曾破碎,但是眼前,
焕发的新颜中,旧貌
很可能比预想的要礼貌;
龙眼树的荫翳下,做旧的灰砖
将我们完美地呼吸成我。
我们都曾在私下盼望过那个时刻,

一旦偶然很纯粹,我们真的敢
凭借词语本身的力量吗?

2017年1月9日

横琴岛归来入门

最开始的时候,你走在灯火的前面。
这一带,渔火曾胜过灯火;
但现在,灯火是海风的玩具,
也是被狠狠忽视过的,风景的心跳。
霓虹的暗光舔着黑暗中
海浪的消息,我们之中已有人指点:
对面就是暧昧的澳门。微妙的
隔绝,在历史的遗迹中
刻画着不同的人生面目;
才不是两种呢!而且多数时候,
与黑白无关。否则你的脚步
看上去怎么会像迷宫的后门就在附近。
你走在我们的前面,样子就像
刚刚被紫荆的脾气称过的
一大袋凤梨。接下来,
芒果的夜视能力也很奇特——
就好像情侣大道压低了
一小截天路历程,你走在了
夜黑的前面。再往前,更广大的

黑暗，更新鲜的无知，不过是
种满了星星的一片草地。

2016年11月2日

香炉湾入门

绷紧的阳光像海豚的早点,
虽然有点硬,沙滩的臂弯
摸上去却像金驴的下巴。
延长线上,风筝啃着风的蓝骨头。

再远一点,激动的白帆像水果刀
插错了地方。一排棕榈
正撑开新的记忆,时间的味道
借自大海是大海的庙宇;

那剥落的,不过是波浪
吞咽波浪,消化永恒的唾液。
假如有例外,那必定是热带的群星
以你为诱饵,垂向波浪的乳房。

一旦放慢脚步,外在的东西
就一下子多了起来。甚至
紫烟就能让紫烟的真理分神。
最醒目的,含羞的花岗岩渔女的

肩膀上，有海鸥的粪便，
也有海鸥的爱情。而那高擎着的，
硕大的珍珠令我们的假象蒙羞，
却意外地，助长了我们的天真。

2016 年 10 月 29 日

人在龙门入门 *

常常，我们也跳跃，
但我们知道，我们不是鲤鱼。
但这样的事，只发生在
你我没去过禹门渡之前。
此处有黄河最窄的风景，
河宽不足 40 米。两岸的陡壁，
显然还记得大禹的鬼斧
是如何敲打大地的神经的。
黄源滚滚，独厚一个共鸣——
本色你我不论出生在哪儿，
都不过是一朵褐黄的浪花。
从尘土中来，归去时
不妨就把两只干净的鞋子
整整齐齐地摆放在岸边——
据说司马迁就是这么走的。
如果还想看看历史有没有
其他的后果，我们也可以接着跳跃；
而此时你已知道，我们的跳跃

---

* 龙门，位于陕西省韩城市。相传大禹曾在此治水。

已很难绕开鲤鱼的跳跃。
我们的跳跃,甚至就是
鲤鱼的跳跃的一部分。
甚至存在着这样的可能——
每个人都是他自己的龙门。

2016 年 5 月 3 日

韩城文庙入门

身边，戏浪的鲤鱼
已被雕过的琉璃砖哄入
半开的龙门中。它们弓着的背脊，
紧绷一只以你我为弹丸的弹弓；
但我们并不知情。明伦堂前，
按树荫的大小，它们恰好落后你
五十米；而按春风的尺度，
你落后它们至少五百年。
有几个瞬间，深刻的迟来者
很轻易就击败了我们身上
潜伏得最好的过客。我从未料到
仅凭它们飞跃的暗示，
追忆本身已难解于追逐本身。
有多少尊严可言，实际上
考验的是，我们还剩下多少
神圣的现实感。毕竟，
刚刚用手心拍过的棂星门
不应只是龙门的一道摆设。

2016 年 5 月 2 日

大淀湖入门

此刻,比细长的苇叶更敏感的,
不只是秋天的动静本身。
凡隐身于漂浮的,不无假设
现场就在附近。移栽之后,
唯有青桐愿意翻新我们
是否还有风骨一番的可能。
再往远一点,天际线默契水烟
仿佛总能勾勒出旧时的
记忆,比单独的人更深刻。
多么意外,心,除了好心,
并无其他的证据。幸好
还有白鹭及时腾空,跃入
它自身的孤独的白色舞蹈——
用这醒目而又偶然的方式,
它把信任留给正在湖面上
放牧着云影的阵阵波光。
看样子,绕多大的弯
都不会太管用;江湖的概念
并不适合此处。或许抵达之谜,
可以帮我们正确地落后于

时代的步伐。激进于无形，
我推开你中有我，去转动
我们身上的鱼化石。十秒钟后
一个浑身鳞甲的隐士
会跃出水面，将它的鱼肚白
狠狠对准你身上的胎记。

2016 年 10 月 15 日

人在朱家角入门

——赠陆渔

　　重阳刚过，白云用长长的鳞片
　　继续装饰那无名的高度。
　　就好像我在我们的眼光里
　　击败过我们的野蛮，
　　风，揪着香樟的小辫子
　　提醒你，就在我们身边，
　　辽阔，像一件还没完成的工作。

　　一转眼，小小的水乡已深奥得
　　充满了时光的错觉。
　　人的慵懒比人的奇迹
　　更接近一种秘密。
　　再一转眼，小小的古镇旧得
　　就好像它有一种味道，
　　从未有人攀登过。

　　小石桥边，风水纵容游览图
　　也会出错。惊飞的白鹭

令天平倾斜。生活向蓝凹进去。
醒来的,仿佛是蓝比蓝还蓝,
踩着时间的底线,也踩着虚无的底限,
蓝,突然向我们凹过来。
我忽然想到,假如我们只能后退一步。

2016 年 10 月 12 日

老水车入门

——赠于贵峰

黄河岸边,西部的落日
用它的马靴稳稳踩住
白家山的后脑勺,借弥漫的
夕光,掸去一天的浮尘;
接着,神秘的安慰
会被随后降临的空旷的
黑暗再涂上一层底漆——
但这是三小时以后才会
发生的情景。此时,几滴游客,
滴入时间的倒影;不多不少,
我们刚巧三人行。遥远的
父爱既然有点模糊,诗,
不妨临时充当一会儿师傅。
一揉眼睛,附近全是奔流的上游。
我们都曾是够格的使徒,
完全猜得透"逝者如斯夫"中
还剩下多少大浪淘沙。
我为我的观察缺乏时代的基础

感到抱歉：从背影看去，
黄河边的老水车，更像师傅；
而我原以为根据熟悉的背景，
理所当然，它应该像父亲。
本是劳作的丰碑，如今
却沦为暧昧的风景。在它面前，
我承认我确实有点矛盾；
但是，请不要误解我的感叹——
就好像不能成为风景的，
也不可能从历史的记忆中
积淀下最深厚的情感。

2016年8月25日

玉龙雪山入门

——赠鲁若迪基

属于你我的世界
在这里终于撞上了它的
边界。比南墙更高的
雪,给生活安装好了
强烈的反光。世界很小,
世外,也并不限于仅指
迷宫的破绽,它其实
可以有好多意思:比如,
蓝天就像刚刚扯下的面纱。
雄伟的礼貌,以至于
从哪个方向看,非凡的静寂
都是它独有的性感。
草甸上,偶尔还可看到
几个纳西汉子在调教
他们心爱的猎鹰。
云的呼吸里,白,比晕眩
还旋涡;我们全都是
我们的漏洞。如何弥补

甚至比如何拯救还神秘。
就在对面，毫不避讳你的眼光；
又叫黑白雪山的波石欧鲁
正练习比崇高还巍峨，
以便我们能更好地参考
我，有可能就是你。

2016年8月23日

伊河之上入门

灰蒙蒙的天色从淡淡的
霾雾中探出头来,将呛人的
命运,像风景的零头,
找给刚参观过石窟的人。

看上去,墨绿比死水还疲倦;
一切流淌,都像剩下的石灰岩
刚刚沉入水底。偶尔映入
眼帘的,波光也锋利如切片。

堤岸上,杨柳倒是还能客观一点
旧时的风韵;但一想到
十万佛头中至少有一半
没能躲过人性的乖张,你

不免会拿历史的替罪羊撒气。
幸好,此时有白鹭飞过漂亮的死灰。
这样的角度关乎一次赢得:
朝我飞来的白鹭,赢得了

孤独的真相。朝你飞去的白鹭，
赢得的似乎是整个世界的秘密。
既然唯一的生动来自这现场，
还有什么是不可能的？

2016年10月3日

亢谷入门

——赠舒婷和陈仲义

深入大巴山,就像拨开
看不见的手,瞒过肉体的迷惘,
把你的渺小交给清幽的峡谷
去重新处理一下。难道
这么短的时间,你已闻不出
被野人溪的烟霞熏过的
你中有我。再往前,燕河边上,
护林农家的土菜腊肉好吃得
就像我身体里有只金雕
要飞出来,戳破人生的谎言。
难道还没看出来:这两只斐豹蛱蝶的
爱情圆舞,经由云豹的八卦掌的
突然性调教,早已出神入化。
据王老莽介绍,本地确实
出没有云豹,但金丝猴的母爱
却能秒杀任何人的,甚至包括
史前恐龙的忧郁症。是的,
我们一直在深入巴山腹地,

直到齿状的暮色,将这纯粹的原乡锯断在任河的幽幽独唱之中。

2016年9月6日

黄安坝入门

大巴山中,起伏的草场
将山峰驯服成丘陵——
这中间,究竟有多少
时间的道具毁坏在风雨中,
已无从知晓。从现有的
外观上看,它们都很像
巨大的绿乳房。才不偏心呢,
它们究竟养育过什么,
似乎可以有很多谜底;
只不过现在,还没到
揭晓的时候。一路上,
板角山羊倒是见过好几拨,
但比想象中的,少很多。
没想到的是,野紫苏的身影
却随处可见;它们的味道
特别得就好像你早年在火车上
丢过一本西藏中草药手册。
翻过不像垭口的垭口,
一只脚已踏入陕西的地界;
但满山的刺梨可不吃这一套,

浸入红苕酒后，发挥好的话，
据说它们能让你身体里的
小金牛雌雄同体至少两百年。
多出的一百年，你也可以
拉五味子入伙；还不过瘾的话，
再往野猪血里掺上半罐蜂蜜。
不过，谁敢惹我？诸如此类的
气话或废话，以后还是少说。
这么好的空气里肯定会
有不止一只老虎正冲着
你中有我，龇出满口蓝牙。
一旦开始攀登，平缓的坡度
会悄悄对接记忆的传送带；
只需碧蓝捏几下白云，
脚下的高山草场便很像
你在墨西哥沙漠里登过的
几座金字塔。甚至山顶上
那小小的平台，也拥有
几乎同样完美的环视的角度。
从那里看去，世界是
世界的角落；你和宇宙
是彼此的礼物。人的孤独
也可以只是一个轻飘的谎言。

2016年9月4日

上游的感觉,或任河入门

——赠梁平

明亮的、浪花的喉头,
几乎要胜过警觉的金猫
刚刚舔过的、山雨的开关。
奔涌在直觉中,水
是比我们更合格的肉体,
水,提着银亮的斧子之歌,
沿崎岖的峡谷,替源头
释放着我们。明明在野外,
每一样原始却随时能
将我们中的每个人带回到
比原始还亲切。有一个起源
始终闲置在人生的左边
毕竟是种安慰。狭窄的
河滩上,石头睡过的石头
漫长得像时间的道德楷模。
那些弯腰捉鱼的少年,
同时也暴露了童年的鳍背。
花季已过,但红腹锦鸡

却迷人地邀请你应该
比你本人更空闲,最好明年
早一点做出比遍野的
巴山杜鹃更任性的安排。

2016年9月7日

天山风景学入门

——赠高兴

半山腰处,观景点
尚未进步成观景台;
没有人知道这幸运
还能持续多久;虽然说起来,
每个人好像都很清楚:
最迷人的,无不和保持原状有关。
警示牌上说附近有毒蛇,
但看样子,茂盛的草木寄托的
天意居然一点也不偏僻;
轮到天沐斋表演即兴节目时,
火山岩巨石突兀成
一头成年雄象的身躯。
刹那间,每个同行的人
都好像找到了自己的基座。
即使存在着错认,也不过是
人是自然的环节,可以马上
颠倒成:自然也是人的环节。
这里,见识即领略;

哪儿还轮得着过滤啊。
下面是天池,侧面也是天池;
稍一扭头,左边是天池;
稍一转身,右边还是天池。
我们和风景的个人关系
很少有机会能如此明澈。
更妙的,我们和雨的距离
也从未像现在这样,
短得就好像你刚刚踩痛了
黑云的一个胎记。

2016 年 8 月 22 日

唐朝路入门

——赠沈苇

半是戈壁半是荒漠,
绵延着,就好像天山
果然是一道天然的屏风。
说是丝绸古道,遗迹的影子里
遗址比尘土的面具
还模糊;全部的敬意
无不寂静地来自
沙漠献给沙漠的祭奠。
淹没的驼铃中,心比天高;
但更有可能,在这里,
寂寞比虚无更刺耳。
干燥的路基像沙尘做的尺子
丈量着历史的良心。
防渗渠还没挖到这里,
在下面争夺着稀缺的水分,
但混生的梭梭和红柳看上去
却像兄弟。距离这么近,
有一刻,我好像也混淆在

无名的过客和暧昧的替身之间：
凡自觉过的，凡激进于
生命的清醒的，都难免受惠于
我们和游魂还有一个区别。

2016 年 8 月 18 日

阿克木那拉烽火台入门 *

你肯定没见过空气
也会沉没。这是比过去
还偏僻的经验,无用的领略,
但未必不适合未来。你肯定没见过
空气如何巨大,一直大到
升腾的狼烟,远远望去,
就如同古尔班通古特沙漠边缘,
一把扭动着的棕黑的牛角梳子——
它梳理过巨大的恐惧,直到
历史的无知低于你刚从蛇麻草中
抽出身来,用脚踢着梭梭草的
小心眼。据说,再踢得狠一点,
肉苁蓉就会跳出来,对着你的肾
发出爱的尖叫。这是现在的经验,
比用子弹做的菜还偏方。
但是,那些曾经在这里流血的士兵
可没有这么幸运。他们目睹
狼烟继续升高,即使那时

---

* 阿克木那拉烽火台,位于新疆阜康市。

看起来一点也不像梳子,
它也梳理过巨大的勇气。
这是注定会失传的心智,就好像
空气的沉没,突出了
这高耸的土墩,以便它
在付费的风景中更好地见证:
干燥,是时间的耳光。

2016年8月17日

天池学入门

和孤独的旅行有关，但它
不会用终点来诱惑我们
在无名的厌烦和暧昧的绝望间
做出匆忙的选择。风景绝美，
但它不会假借目的地的名义
误导你，在我们前面，
它完成了它的目的。它是
用来旁观的。在所有已知的
人的思想工作里，唯有它
坚持用冷冽的倒影，将比天山
还典型的博格达峰催眠，在
命运仿佛终于有了一个尽头。
沉重与轻逸，在我们身上
追逐着它们自己的猎物；
有时，甚至会残酷到将你
也计算在干燥的战利品之列。
而遥远的路途，多数时候看起来
更像是，比最美的梦还刻苦。
在未抵达之前，我觉得
我身上有好多东西都在等待

一次彻底的清洗：就好像
连绵的天山是大地的加法，
而澄明的天池是命运的减法。
但抵达之后，我发现，
在它面前，原来需要清洗的，
和人有关的东西，忽然不见了；
就如同它的好意全在于
它从未把我们之中的任何人
看成是一个需要清洗的对象。
而那减轻下来的东西，在山风中
像陡坡上羊踩过的印迹，
轻微着一个新的辨认——
嘿，你身上居然还有未挖掘的
东西，需要一次新的命名。

2016年8月16日

马牙山入门

——赠郁笛

稍微一低头,天池比天心还美。
抬头之际,冰白的博格达峰
如同天堂的一个台阶,不是最后的,
但也不是离我们最远的。

这么美的风景,这么好的位置,
而我们的停留却只能按分秒来计算。
有几个瞬间,我非常羞愧
我是坐着缆车,被输送上来的。

但是战胜了借口,我们真就能
像山坡上那些挺拔的云杉,
亲密地,扎根下来吗?我承认,
我突然渴望在这样的疑问中成熟起来。

四周,火山岩石林比虎牙
还像雪豹牙,但据习俗,

它们正用尖硬的马牙,永久地
将我的记忆咀嚼成心灵的材料。

2016年8月15日

博格达峰入门
——赠叶舟

就好像半小时前,我们刚喝过
天山雪菊;真想看的话,
铅灰的云雾根本就不可能
遮住眼前的博格达峰。
一旦高耸,积雪才不肌肤呢;
它们会反过来,比皑皑峭壁,
看上去更像危险的肉。
角度这么冷僻,西王母娘娘身边
如果有年轻女人踩到过牛粪,
和风铃草一起刺探了雪莲的
分解史,也没什么好奇怪的。
深深吸口气,肉体便是
裸体的效果。还没怎么神往呢,
山风已提起看不见的水管,
猛喷藏匿在空气里的异味——
不瞒你说,如果扎根
没扎好的话,人,很可能就是
我们身上最大的异味。

淇水湾入门

近乎理想的场所,椰林里
果然有几株槟榔树
比棕榈更挺拔。你的近,
就是我的远;我们在此
无论互换什么,都有海风兜底。
寂静的喧嚣中,无名的呼唤
在心声和海潮之间
突然清晰起来,就好像
风景决定命运的时刻
提前到来了。仔细一看,
大海的发言权实际上
由湛蓝的重复构成;
一旦涉及润色,海浪的工作
其实比预想的,还出色——
近乎一种"无畏的精确"[①]。
沙滩上,礁石的抬头纹
比岩石更出自鬼斧;
但更妙的,有时,褐翅鸦鹃

[①] "无畏的精确",语出普鲁斯特的书信。

会从铜鼓岭飞来,掠过
海鸥的即兴巡演。凡自由过的,
一串脚印,会再次反衬
你正提着鞋子,从世界的阴影中
又释放出一个原形。

2016 年 8 月 7 日

铜鼓岭入门

——赠张尔

怀抱中全是最纯粹的水,
看上去,小澳湾比月亮湾
更骄傲于一片海蓝
从未输给过万里天蓝。
一赤脚,碧波就把浩淼洗到
你的脚下,就好像
这微妙,一点也不关乎
人生的偶然。上坡的时候,
山路比小径还曲折;
下坡的时候,打折的崎岖
浓缩一个奇趣,追问你
敢不敢用我们的天真
胜过人类的真理。
出汗的时候,我知道
下一场雨能把我冲到何处。
这里的雨,几乎也是
我的秘密向导,就好像我
再努一点力,我也会成为

从最深的内部走来的
雨的使者。地点正确的话，
生命的轮回确乎可以一用。
比如，人和人微妙于对比的话，
自我，就是一个地址。
以前去过的地方中即使也有
叫铜鼓岭的，也难不住
山顶上有海风从南海
不断吹来。记住，任何时候，
风景才是我们的真相；
同名的山水早已在不同的现场，
埋伏你有一个自新，
比宇宙本身还要知心。

2016年8月3日

滇南灵境入门

盘龙山上，原址模糊的万松寺
空留一座观海楼，考验我
能否从迷蒙的烟波之上，
认出豆雁或红嘴鸥。绿柳的身后，
好几个天边，都已被滇池收拢在
平静的风景中。更远处，
池鹭和紫水鸡出场的顺序，
仿佛可以悄悄地决定白鹭身上
那白色的睡眠是否和我们
共用过同一个梦。好大的缓冲，
但不是好大的江湖。好大的沉溺，
但不是好大的泥沙俱下。
好大的借口，但不是从湿地归来，
人心还能不能滋润七月的
云南蘑菇好吃不好吃。
就真实而言，我似乎从未到过
比滇池之南更远的地方。
就态度而言，我似乎从未想到过
那正朝着你飞来的翅膀
一点也不在意我们之中

是否有人曾深深地误解过
我们的化身。就启发而言，
印象比幻象还考古，再这么
放任下去：我好像也可以
仅仅是我一个人的发祥地。

2016 年 7 月 26 日

黄河第一湾入门

——赠古马

单独面对它的,最好的时间
公认是夏天;青草之上,
白塔独自优雅一个雪白的虔诚。
雨燕的戏剧里甚至不乏土拨鼠
总要跳出来,拖丹顶鹤的后腿;
但斜坡上,炊烟并不害怕命运。
想朴素到家的话,高原牛蒡
会跳下去,把羊骨汤直接变成温泉。
不能被风景教育的人生
在此微不足道。如果你足够幸运,
这里有世界上最美的日落
和最壮丽的日出,能让最麻木的尘埃
也感到一丝神秘的羞愧。
虽然我选对了时间,翻滚的乌云
却把时机弄砸了。但是很奇怪,
我并不感到遗憾。我错过了
最美的落日,却又深深感到
最美的时间并不总站在死亡一边。

郎木寺入门

滴翠的深山提携的
明明是溪流,但一眨眼,
却变身为醒目的白龙江。
从甘肃到四川有多远,
只需从小桥上迈出一只脚,
就能知道过去的底细在哪儿。
更称奇的,明明远离大海,
却能频频看见一群海鸥
现身于湍急的浪花,比野鸭
更懂得如何吸引我们的目光。
用溪水泡过的茶叶里翻滚着
江水的味道;一抬眼,
一只金鹿已跃上庙宇的屋脊,
在高原的阳光中,总结着
安静的时间。一切都逃不过
因偏僻而美丽,而我不可能不感觉到
陌生的心动;就好像半小时后
当地人告诉我,按地名的本意,
这里也曾是老虎的故乡。

扎尕那入门

拔地的感觉岂止是
强烈于天堂离你又近了一步;
放眼看去,青灰色岩石山峰
将它们坚硬的怀抱
笔直地伸进世界的颤栗。
缭绕的云雾里有掀不完的面纱,
就好像美丽并不负责
固定一个真相。真讲究存在的话,
美丽就是你和宇宙之间的
一次必要的松懈。静下心来,
流泻的溪水中至少有一半
听起来像激动的瀑布;
半山腰上,油菜花盛开在青稞
碧绿的集体舞中。蜜蜂酿出的蜜
甚至将蝴蝶刺激成模范的伴侣。
看样子,奥地利人的浪漫
已拔得了头筹:据说
这里比亚当和夏娃的诞生地
还要接近纯洁的本意。
稍一辨认,云杉就比冷杉更葱郁。

而神圣的宁静并不局限于
你的感觉是否精准。唯有抵达此地，
你才会发现，需要感谢的对象
有时会显得比上帝还神秘。

2016年7月12日

尕海入门

所有的迹象都符合
你对这个世界曾怀有的
另一种期待。远远看去，
它的圣洁掩盖了它的纯洁；
它的周围，格桑花的影子
比澎湃的心潮更汹涌。
它不担心你会误解它：
它的美丽甚至比自然还亲切十倍；
没错。它的自在不澄清
在它面前，我们究竟能拥有多少自由。
我把我和它的距离保持在
太阳和眼泪的距离以内；
如果我有点夸张，请原谅我的绝望；
如果你问它像什么？
白云的下面，它蓝得就像
你，在最美的梦中
也不可能见过的
却和我们有关的另一种身体。

2016 年 7 月 8 日

通济堰入门*

堰头村边,拱形的石坝
制造的分流,先是将我混入
流动的游人,随即又把我卷进
时间的旋涡。更惊心的,
一旦对水的领悟变成聪明的设计,
松阴溪的中央,湍急的白浪
便像按下后,又跳起的琴键。
再耐心点,古老的歌唱
必然来自溪流的自我重复。
而我们像是被催眠过,畏惧重复
像害怕婚姻的陷阱。好在附近,
尚有残留的田园的风光
一直在你身上对抗着风景的自恋。
返回途中,我突然想到
我们身上也存在着同样的分流;
否则,我凭什么会经常感到:
我必须是我自己的堤坝。

2016年7月4日

---

* 通济堰位于浙江省丽水市碧湖镇,建于505年。

下樟村入门

村头的樟树看样子
每天都会把古老的暗示翻出来,
晾晒不止一遍。月光下,
溪水清得像酿了十年的酒;
鹅卵石铺的村道,巩固着
黄泥砌的墙;每幢老屋
似乎都比白云的历史
还要老上五百年——
哪怕你只是在天井里
安静地站了两分钟。
农家菜里有地道的怜悯,
甚至比一手绝活还传神。
躺下时,木床的支撑力中
至少有一半来自白云的浮力。
冷不丁一想,我们到达时,
天色正在分娩夜色,
而我们的抵达,很可能
只是刚刚开始。

2016 年 6 月 24 日

南明山入门

——赠叶丽娟和郁芬

像一道碧绿的抬头纹,
瓯江从北面流过;
从东到西,自然的安排
胜过风景的点缀;而六月的波浪
不仅仅是比想象得还宽阔。
回到漱雪亭,飞泉的无影脚
在深褐色的小峭壁上示范
什么叫比野性更灵气。
清新的呼吸中全是大道理;
偶然的旁观,不一定就低于
紧张的见证。密林中,
起伏的蝉声仿佛汇集在
一个无形的出口处,反复邀请
我们身上的过客分身于
我们身上的旅人。据说,
本地的蝉很好吃,但此时,
出汗高于出窍。半山腰处,
米芾的真迹据说惊动过

一条走单的游龙。借石头一用，
究竟能在我们的困局中
解决什么？真懂的人，
还真不是很多；但是没关系。
再往上，天气好的话，
云阁崖收编的景色，绝不亚于孔子
在泰山顶上所看到的一切。

2016年6月21日

人在丽水，或淬火入门

旁边，熔炉比最深的渴望还通红；
变形记冒着嘶嘶的热气，
回敬一个遗忘。丽水的尽头，
汽锤的呼吸里可以听见
至少有三头犀牛正挤在一起
用力刷新着盲目的本能；
倒影中，用来降温的水
取自山中的溪流，哪怕只是一瞥，
也深如我们之中早已有人
绷紧在一只海豚的紧急下潜中。
锤打之后，那通过我们的，
并坚持延伸在我们中间的力量，
是绝对的：就好像有一种尖锐的惯性
即使深埋在我们的陌生中，
也很难失传。看样子，
种族的触须和诗的触须
借用过的，似乎是同一个剑影。

2016年6月15日

南山入门

凭着起伏的回声,你知道,
山风借道春风,在我们伸手
去把握假寐的蝴蝶之前,
就已将命运的形状吹出。

青翠的山峦,撤去细雨的
屏风后,犹如一个碧绿的婴孩
柔软在自然的怀抱中;
看上去,毫无重量可言。

而我们仿佛也能在其中找到
自己的影子。闪过的鸟影
不断加深着轮回的痕迹;
毕竟,时间还算是可敬的对手。

无名的悲哀,疗效其实不可低估;
即使漫游已堕落为春游,
至少在烂漫的杜鹃面前,
绝望也曾是一场鲜明的勃起。

记住,任何时候,死心
都不过是跟宇宙撒娇。
从山上下来,有一件事是明确的:
它也不曾以你我的高矮为代价。

2016 年 4 月 27 日

第四卷

我的蚂蚁兄弟入门

我穿过的黑衣服中
凡颜色最生动的地方
无不缀有你小小的身影。
黑丝绸的叹息,始终埋伏在
那隐秘的缝合部。任何时候
都不缺乏献给硬骨头的
柔软的黑面纱。来到梦境时,
黑肌肉堵着发达的
爱的星空。甚至连横着的心
都没有想到最后的出口
竟如此原始。我不知道我
是否应该表达一点歉意,
因为长久以来,我对你
一直怀有不健康的想法——
我想跨越我们的鸿沟,
陌生地,突然地,毫无来由地,
公开地,称你为我的兄弟。
身边,春风的淘汰率很高,
理想的观摩对象已所剩无几;
而你身上仿佛有种东西,

比幽灵更黑；一年到头，
几乎没有一天不在排练
人生的缩影。你的顽强
甚至黑到令可怕的幽灵
也感到了那无名的失落。
有些花瓣已开始零落，
但四月的大地看上去仍像
巨大的乳房。你是盲目的，
并因盲目而接近一种目的：
移动时，你像文字的黑色断肢，
将天书完成在我的脚下。

2016 年 4 月 17 日

原型鹤入门

和我们一起暗中竞争
那纯粹的形象。但出发点
绝不挂钩世界已堕落到
不可救药。它们的优势
似乎更明显:鹤拥有最美的形体,
但并不满足于凭着自身
它们只能展示一种绝色。
美丽的鹤,小心翼翼
以自身的美为目的;但也知道
这目的是世界成为我们的对象的
最好的理由。稍一挺拔,
鹤的鸣叫就比爱还专注;
甚至令世界的谎言充满裂隙,
就好像不隔音,是它们与人生如梦
达成的最低的默契。
纯粹的时光已近乎暗疾,
但你仍想试试自我的运气,
将生命的秘密制作成安静的礼物,
等候鹤群出现在解冻的湖边。
而我似乎也开始理解你的固执:

就好像这是一种公平的交换——
我们倾向于以鹤为梦,另一边
鹤,也以我们为更深的睡眠。

2016 年 3 月 1 日

黑貂入门

交配的季节即将到来——
大概就是这缘故,它出现在
小河边的次数,比平时
要频繁。它也许没听说
什么叫暖冬,但它知道最理想的
繁殖地点在哪儿可以找到。
看上去它已成年,否则它的体形
不会比最漂亮的黄鼬还好看;
不过想要判断它是公的
还是母的,即使你有办法
把一只灰狼催眠在棕熊的树洞中,
也未必能做到。当然,你也可以断定
它很快会做父亲,因为它翘来
晃去的大尾巴,实在比蓬松还惹眼。
它可爱的小动作,完美的
不仅是自然的细节;可能还是
宇宙本身的花招。在它身上,
忙碌既出于活泼的天性,
也出于神秘的防御;因为尽管
长着一对漂亮的黑眼睛,

但它却不愿浪费哪怕只是
很短的一点点时间以便
在我们中间区分出好人和坏人。
我们对这个世界所作的
种种严厉的警告，对它来说，
已经太迟了。见过我们之后，
通过不停地目睹同伴身上
被剥下的一张张貂皮，
它知道，末日早就开始了。

2016 年 1 月 26 日　Johnson

柠檬入门

护工拿着换下的内衣和床单
去了盥洗间。测过体温后,
护士也走了。病房又变得
像时间的洞穴。斜对面,
你的病友依然在沉睡。
楼道里,风声多于脚步声。
你睁开迷离的眼神,搜寻着
天花板上的云朵,或苇丛。
昨天,那里也曾浮现过
被野兽踩坏的童年的篱笆。
人生的幻觉仿佛亟须一点
记忆的尊严。我把你最爱的柠檬
塞进你的手心。你的状况很糟,
喝一口水都那么费劲。
加了柠檬,水,更变得像石头——
浸泡过药液的石头。卡住的石头。
但是,柠檬的手感太特别了,
它好像能瞒过医院的逻辑,
给你带去一种隐秘的生活的形状。
至少,你的眼珠会转动得像

两尾贴近水面的小鱼。我抬起
你的手臂,帮你把手心里的柠檬
移近你干燥的嘴唇。爆炸吧。
柠檬的清香。如果你兴致稍好,
我甚至会借用一下你的柠檬,
把它抛向空中:看,一只柠檬鸟
飞回来了。你认出柠檬的时间
要多过认出儿子的时间:这悲哀
太过暧昧,几乎无法承受。
但是,我和你,就像小时候
被魔术师请上过台,相互配合着,
用这最后的柠檬表演生命中
最后的魔术。整个过程中
死亡也不过是一种道具。

2014 年 11 月 28 日

藜麦入门

大小如同黄米,但比起发黏的黄
它有更劲道的想象力。
当你以为它不过是较为
稀罕的谷物时,它其实是回报。
它是曾以神鸟为信使
专门送给好心人的礼物。
当你以为它只是神秘的回报,
它却安于小小的颗粒,暗红或黑褐;
并借助高海拔,不断完善
它自身的美味。正是通过
它激发的口感,你更加确信
世界不过是一个寓言。
它能让黄金在我们的变形记里
也拥有一段完美的十二指肠;
狂热的时候,足以消化你所知道的
任何世界之谜。但它从不试图
在你和它之间寻求对等;
那样的话,你也许会有点懊恼地觉得
你是最后一个才食用它的人。
深刻于机遇,但它并不想过度

依赖命运。它把自己摊放在
干燥的岩石上,以便猫头鹰,
田鼠,鹦鹉,乃至蝗虫,
能和我们有同样的机会
接近它,并从它的无私中
恢复一点宇宙的可能性。

2016 年 2 月 18 日

芝麻菜入门

外面，盐白如彗星的
小手提袋的、新添的积雪是
今日菜谱的第一页。
但翻过来，寂静的枝条上，
北美海棠的小红果是否可食，
纯属本地的秘密：印第安魔力
听上去哪儿还有树木的影子，
完全像烈酒的名字；所以，
你必须自己做出像样的判断，
才能体味这么寒冷的日子里，
它们装饰的究竟是什么。
远处，白云低垂的腹部带来的
一种信任，让阿巴拉契亚的群峰
渐渐适应了平缓中的高度——
我猜想，这样的高度无形中
也加剧了这些芝麻菜的冬季风味，
以至于咀嚼它们时，你能听见

断裂的松枝在基训河①的上游
落入水中的声音：非常清晰，
所以，在某些瞬间里，
你绝不可能误解这个世界。

2016 年 1 月 15 日　Johnson

---

① 基训河（Gihon），《圣经》中提及的第二道河流。这里指流经美国佛蒙特州约翰逊镇（Johnson）的一条小河。

秋葵入门

从南到北,它们的移动
仅次于鸟类的迁徙。天鹅般快递,
每个环节都值得非常感谢。
但是,它们不同情冬天的政治。
颠簸过后,它们的绿箭头
射向我们身体中的
月亮的俘虏。假如你没感觉,
结冰的小湖,入夜后会发出咔嚓的巨响。
并且很显然,这个世界上,
最安静的思想来自它们液质中的
黏性的奉献。徘徊多日,
我们的野兽,在我们面前已认不出我们;
而它们自有办法。它们小小的碧绿堤坝
就砌在冬天的幻觉里,仅次于
世界必须另有一个真相。

2014 年 12 月 21 日

蚕豆入门

装进塑料袋,一称,
它们便从陌生人的故事,
进入你的故事。它们的颠簸生涯
结束在你的精心中。假如你
不曾精心,它们会发明你的精心。
在你身上,它们不打算给时间的腐败
留下任何机会。你真该见识一下
火腿把云南介绍给它们时,
生活的味道究竟改变了什么?
在它们面前,你和我的区分
绝不可超过它们在秤杆上
显示的分量。你失眠时
它们会提着睡眠的小绿袋子,
赶过来,填满你身边的
每一个人性的漏洞。
作为一个词,听上去
致敬似乎离蚕豆很遥远——
所以我只能这么想:向蚕豆致敬,
就如同在万物的静默中
我听见了,你是我的回声。

芍药入门

表面看去,在你和刺猬之间
放上一颗樱桃,比在你和国家之间
插入一朵芍药,做起来
要简单。即便如此,
不理解我们的神秘的人
还是会认为你在芍药的旁边
夸大了地狱的影子。
毕竟,樱桃已付过钱,
而刺猬意味着我们的现实
有一个可爱的死角;
相对而言,芍药的来源要暧昧一些。
从早上起,风大得就好像
碧蓝也会秃顶。看不见的银币,
看样子全都花对了地方——
哗哗作响的白杨叶听上去
就好像一个人用时间很紧来脱俗,
也是可行的。比如,芍药
就是一个比牡丹更大的缝隙。
嘿,你没听新闻联播里说
小蜜蜂已把我们落下九万里了吗?

紫罗兰入门

不论你如何迟钝于
生活的借口,出现在我们眼前的
花花草草,都会引诱你
把目光投向宇宙的主人。
比如,好奇的目光投向
横断山的杜鹃时,主人的面目
如同漂浮在酒中的倒影。
确实有点不好把握,但你还不至于
不给起舞的清影一点面子吧。
还有一次,沉思的目光投向
长白山的波斯菊时,主人并未想到
我们有可能会误会自然。
幸运往往只存在于对幸运而言。
而此时,阿巴拉契亚山中的深雪
安静如一件巨大的陈列品。
神秘的对应中,你的身边
就有一个迹象;我的意思是,
你不会介意紫罗兰很像
一个标签吧。静静的窗台上,
它以花盆为短裙,以玻璃为南墙,

用手指将冬日的阳光慢慢捺进
自己的身体,直到我们
能确认它已浑身发紫。
如此暗示,难道还不够显眼——
就好像主人不在时,它负责
在无边的寂寞中,将我们的目光
再一次引向秘密的结局。

2016 年 2 月 24 日

红叶学入门

当你称它们为红叶时,
它们事实上已死去。它们精致于死叶,
单薄于死亡对宇宙的轻盈
偶尔也会有新的想法;
然而一旦用火去试探它们,
明明已死去的红叶会从乱窜的光焰中
冲着你噼啪叫喊,就好像
在命运和见证之间,你不曾认出
你其实也是一枚终将会凋谢的
颜色越来越深的树叶。
它们不只是重生于火,
还曾将激动的火改造成
令你眼前一亮的隐身术。
它们随和到你都有点替
世界的主人不好意思,它们是
伟大的诗出过的一张牌;
但不否认你也许还有别的底牌。
在它们身上,易燃甚至加工过
有一种美德比自我还易燃:
因为世界缺少燃烧的风景,

或者因为你已有点厌倦
我们的激情曾出自星光的性格。
看上去朴素，但它们身上的颜色
很可能还威胁过死神的记忆——
迷途交错的年代，它们是
明显的标记；尤其是当我们中
有人试图沿风景迂回到
世界的真相，它们很扎眼；
而一旦投入无名之火，
焚毁了身上的小红箭头，
凭借顽固的冲动，它们
可以在我们中间制造出
一个巨大的迷失；甚至死神
也不得不向你借钱去买
一张新的亚洲地图。

2017年1月12日

红果冬青入门

成熟于去年的十一月，
从红与白的古老的对比中
汲取天生的灵感，但是否迷人
则取决于你如何想象
它们和吞噬它们的大山雀
在永恒的最后一吻中
完成的，究竟会是什么。
白雪的反衬下，它们比你拥有过的
最通透的念珠还要圆润；
怎么看，都比美味还浆果；
而且很显然，它们也不想掩饰
它们是以猩红的数量取胜的；
虽然无法确定以它们为中心的
越冬的鸟类到底有多少，
但我们知道，世界的饥饿，
其实早已被精确地测量过多次。
甚至你的，最神秘的饥渴，
也深藏在这些测量之中。

2016 年 2 月 16 日

珠颈斑鸠入门

比碧蓝还北方,但这种事
也可以商量成:碧蓝辽阔得
就像刚刚剥下的时间之皮。

高枝上,比偶然还现场,两只花斑鸠
缩着脑袋,偎依在冬天的爱情中。
它们的爱情睡眠,一点都不在乎

你是不是一个好人。它们的梦境
从冬天的午后开始,直到你确信
静物大于景物,只可能发生在这一刻。

2016 年 12 月 10 日

有时我很想感谢喜鹊不是凤凰入门

小脑袋必须很黑,以便你
只可能在冬天的羽毛上
找到那比紫蓝还绿蓝的
微妙的、色彩的过渡。
羽毛背后,一团小号的天鹅肉
梦见白云刚刚称过它们。

过于常见,以至于喜鹊
飞越生活的边缘的次数
远远多于你的想象。
与上星期见过的鸳鸯不同,
爱的颜色在它们的雌雄中
并无明显的变化:就好像

一切全靠召唤中的呼唤
能否在你和它们共用的替身中
激起足够的技巧性反应。
活跃源自杂食。就算是
喜欢翘尾巴,也多半出自
世界已不像从前那么安静。

向它们致敬,并不需要勇气,
但也不是只需要一点天真。
向它们忏悔,你的心会变成炸药。
其他的可比性也令人尴尬——
没有那么多灰,可用来炫耀。
也没有多少辉煌本身,可供历史走神。

在它们身上,平凡多么吉祥。
你愿意的话,作为一种
小小的奇迹,在一群喜鹊中间,
你偶尔能瞥见落单的乌鸦;
但在一群聪明的乌鸦中间,
你绝不会看到单个的喜鹊。

2016 年 12 月 14 日

蝙蝠花入门

深山中的机缘足够久远,
比巧合的巧合更深入一个旋涡。
静止的,是个人的记忆对破碎的时光
下达的耳语如秘密口令。
人的背影,其实是人的花纹。
很多人一辈子都没见过蝙蝠花。
是啊,海明威将真正的美人
比作挺拔的山峰,仿佛是要减弱
神秘的恐惧中几个美丽的错误。
但是,你不仅见过蝙蝠花,
而且还知道它叫魔鬼花。
其实,花下的情形,不论如何诡异,
始终在恭维我们的现实:
人被称之为人,绝对是一个误会;
正如有些情形下,人,仅仅被看成魔鬼,
其实是,更大的误会。

2015 年 6 月 15 日

五味子入门

——赠人邻

仅凭纯然的野生
以及外表看去绝无半点野心
似乎还不足以还原
它为什么会在我们的神草中
埋伏了这么久。很常见,
但此时,它偏僻于巴山深处
有条长长的峡谷,也叫青龙峡。

成果于中秋节前,性状可爱得
就好像你最近频频梦见
斑羚也喜欢偷食它。
它的液相,也没把你当外人。
背篓放下后,它安静如
一个粉红色巨婴刚刚解体在
成串的小果球中。神秘的受益

向来就不缺乏偶然的相遇。
它并不知道,经过猛烈的浸泡,

它有可能是某个无名的乡下女人
一生的成就；而我们好像
突然就听懂了它在永恒的眼泪中
发出的呼唤：这么大一袋，
才十块钱，带我走吧。

2016 年 9 月 5 日

龙舌兰入门

以金字塔为邻,听任沙漠
为自己筛选出带刺的
营养惊人的玩伴,以及风景里
假如缺少完美的天敌
仙人掌的阴影会显得多么无聊。
不存偏见的话,只有拿着镰刀
收割过人生的风暴的
女人的浑圆的胳膊,能和它修长的
滚粗的叶瓣相媲美。在四周,
由它发动的寂静回荡成年后
我们心中曾有过的、最壮丽的忍耐。
据说,它的锥状花序高达八米,
像温柔的长矛,足以将我们身上
多余的赘肉,满是皱纹的慵懒
叉向天堂里海拔最低的火炉。
它的浆汁堪比毒蛇的唾液,
但蒸馏后,作为一种神秘的恢复,
赞美比恐惧更原始。如此,
它远离我们的真相,也远离
我们的谎言,甚至也远离我们的世界

正堕落为一种可怕的祭品。
而一旦刻骨的分寸进入默契，
它从你身上提取的纯度
足以将宇宙的幻觉燃烧一千遍。

2015 年 12 月 7 日

胡蜂酒入门

颜色接近琥珀,但怎么看,
都比琥珀好看。这第一眼
很重要,甚至不亚于
你从一个透明的裸体身上获得的
关于世界的第一印象。
瓯江边上,六月的梅雨
忙于比波浪更倾诉,
而它却从不急于指向别的东西;
它似乎只习惯于指向
它自身的、单纯的激烈。
假如你没见过纯粹的黄金
如何化成液体?它可以充当
完美的向导。假如你的腰
不再胜任我们的隐喻,它也会乐意帮忙,
并且绝对能帮到点子上。
最重要的,它是为自己人酿造的;
所以,凡可分享的,注定都很神秘。

2016年6月19日

杨梅入门

出鞘的剑,还没来得及散尽寒光,
便突然消失在雨后的山气中;
瓯江边上,轮到它们
登场的时间,就这样悄悄降临了。
小小的圆果,将红和黑紧密统一在
自身的成熟中,随后坦然于
品尝即命运。道理听起来也通顺:
成年之后,神秘的饥渴
很危险,但到目前为止,
它们却是我们能依赖的,
最好的自我教育。其实,
也没什么好意外的——
饱满在正确的果形中,
它们的大小,刚巧可用来
点化北方佬的新鲜感。
那果核如同漂亮的乳头,
稍一口感,江南的元气
便已多汁在强烈的紫红中。
浑身长满密集的小刺,但它们
要教训的对象,却不是你或我,

取法得当的话，连砒霜
也不是它们的对手。南明山下，
它们是我吃过的，世界上
最好吃的东西。潜台词还用说嘛，
无论你身在哪里，离开故乡的日子
已有多久；它们的重量
不多不少，始终等同于
你童年的重量。甚至把我的
加进去，结果也一样。

2016年6月17日

黄葛树下入门

——赠何平

看上去就该是大叶榕树；
但假如记忆想捉弄你，或者
你的记忆想在迷宫面前
跳一个火龙舞，黄葛树
很容易就听成黄果树。
但是看样子，它一点也没有
要结金黄的果实的意思。
它的树冠大方，美貌得就像
你想拍月亮的屁股时
正好一个女人在树杈上梦见
这幕场景的前提就是：
直到此时，你还不知道
它响亮的别名正是菩提树。
据说，2000 年前它曾协助
年轻的印度王子彻悟宇宙的本质。
如今时过境迁，但是我猜：
树荫下的智慧，不会低估
我们是否依然在场；就好像

神圣的无花果有一个脾气
绝不因人而异。再具体一点,
成都街头,茂密的绿叶宽大此刻
我们一直在黄葛树下喝着
四川的秋茶;一点也不在乎
时间本身是否已是一座孤岛。

2016年9月16日

野姜花入门

——赠陈义芝

美仑溪畔①,世界的颜色
因它将白蝴蝶催眠成
颤栗的底牌,我们身上的空白
又多出了一种可观的客观。
低调,却拒绝人的借鉴,
因为很快,鲜明的肉感
就比最冷静的静物
更擅长将你牢牢钉在
陌生的原地上。从不暗香,
就好像仅凭清香,它就能将你引荐给
伟大的嗅觉。一旦提炼,
更积极的挥发就会到来;
你不可能毫无反应。
和涂了精油的新人会合时,
它是地道的野菜,将野人的口感
慢慢磨碎在你的舌苔深处。
盛开在早秋,只要和人有关,

---

① 美仑溪位于台湾花莲县境内。

就没有它无法缓解的压力——
你要做的,就是在它面前
及时准备好一壶烧开的清水。

2016 年 11 月 14 日

千屈菜入门

天杀的、植物的一面
兜底人的另一面。它的长长的圆花柱
是你的回报。但你其实没干什么。
任何地方,只要烟雨稍微开阔一点,
它的等待就比你的等待
面积要大,但直到梭罗
在用它作拌料的稀粥里认出了
烫人的戈多,你还是不习惯
它曾委身于江湖深处的马鞭草。
假如不叫它对叶莲,爱尔兰人
会以为它比迷途的孩子
还孤独。典型的湿地植物,
入药后,永生的理想
显形于它精通我们的经络,
且从未出卖我们和自然之间的
任何一个幻象。没错。它还会悄悄降压。

2006 年 7 月

琼花的逻辑入门

那并非是你和我之间的
必经之路。春天的风景
与四季的假象纠缠在一起,
难解难分。除非我从一开始
就不害怕更大的麻烦,
声称此处已是人类的尽头。

绕开你,也已不太可能。
凭彼此的适应性去适应这世界,
早已沦为一个可怖的谜团。
我走过的路即我扎下的根;
但我并不确定,我的成长
将会如何重叠于人之树。

相比之下,我羡慕你
不必用狐疑的眼光去打量
我们的生命之花就赢得
神秘的信任。你偏爱素白,
以醒目的美为存在的自觉。
小毒中含着微妙,可令子宫活跃。

此外除了开放,将壮观的花序
平静辐射到记忆的深处,
你似乎再无其他的东西
可以教给我。而假如我
没猜错,这相遇本身
已构成一种命运的修剪。

2016 年 4 月 21 日

北方特有的唇形科植物入门

——赠唯阿

它应该就是黄芩。
遥远的、枯黄的草木里
有一个袅娜的今天,
比精致的蒸汽还争气。
土法加工,偶尔也会贴上
民间工艺的标签,蒙一蒙
城里来的、喘吁吁的散客;
但东西确实是好东西,
苦涩的味道,甚至可泻
肺火中的邪火。仅凭原始的记忆,
我们就能喝出它的秘诀。
它就像一个加热过的水秤,
以你的身体为陌生的器形。
名义上也算是茶;制作的方法中
始终有一个劳动的身影
向生命的秘密形象敞开着;
即使与你我的,只重叠了

那么一小点,也能令我们的
疲倦,微妙于理想的睡眠。
而它的口号竟然也是:不反弹。

2016 年 4 月 18 日

紫菀入门

密林的深处,你的告别
对它毫无触动。它更在意
牦牛的粪便落下来时
千万可别像盲目的陨石。

它梦见枇杷叶的次数
远远多于感觉到你的次数。
从神仙池①归来,它甚至渴望
在沸水中翻滚的桔梗

能把偏方的颜色一直加深到
几只蜜蜂完全忘记了
它们曾用它头上的紫红花心
增进过一种尖锐的技艺。

2016年11月6日

---

① 神仙池,位于四川省九寨沟县大录乡。

紫鸢尾入门

已消失的爱人克服了
死亡的错觉,从它们伸向
时间之谜的、小小的蓝梯子
爬上来,冲我们招手。
就没想过,虚无也会心虚。
就没心虚过,假如一切
终将随风而去,而它们
只剩下它们身上的这幽蓝
完美得就像刚刚跨越了
我们的深渊的、一个小小的拥抱。
它们蓝得别有深意,但它们
并不想为难你,因为这深意
主要取决于你如何倾听——
记忆的链条,在高大的白杨树下,
正像醒来的幽蓝金属一样哗哗作响。

2015 年 5 月 7 日

秋红入门

从旁走过,你不会想到
也曾有懂事的名妓
就叫这个名字。也难怪,
因为最好的味道里
才有最好的记忆。此时的
午后,温柔多么慷慨——
整个世界安静得犹如
一个侍者,捧着从花心
直接递过来的果品,请求你
暂时离开你自己一小会儿。
什么意思啊?难道冷漠的存在
仅仅是个假象?鲜艳的
小东西,一直剔透到
你居然从未尝试过
生命的初心。你总是想凑够
假象不是假象的前提,
再去和喜鹊的主人谈条件。
其实呢,前世有好多后腿
看上去就像这忍冬的枝条呢。

爬山虎入门

散漫在热烈的草叶
或偏远的记忆中的
时间的秘密,使它们看上去
一会儿像秋天的礼物,
一会儿像大自然的祭品。
它们的愉悦是季节性的,
比过时不候,还善于玩味
人的颓败,或世界的另一面。
盘山路上,被凿过的岩石
如同被击打过的面具,
那发出的邀请也很垂直——
请试用一下燕山。
而它们的响应居然比自由还亢奋。
最突出的,它们的展现
始终多于它们的隐藏;
如果你的天真,曾用于说服
人生如梦,它们近乎一个事实——
比红色的火焰更接近于
我们曾在陌生中被抚摸过。

醉蝶花入门

秋天已就位。撒开并抛出去的东西
随你叫它什么,但唯独不能叫网。
假如它有一个名字
比时间的正确还可爱,
诗人莫非的反应最快。
记住,事情到了这一步,
碰巧很关键。通往水边的坡路
碾磨着绿阴中的光阴。
山风稀释着雀叫,涌向
我们不可能比蝴蝶还失败。
如果你已习惯秘密驾驶,
十月甚至能偏僻到灵活如手闸。
放心吧。这半分钟的清醒,
绝不会另外造成一道宇宙的划痕。
即便你误会了存在的真相,
它依然会径自开窍于顾名思义——
就好像在世界的这一边,
唯有成群的燕山能减弱一点人生的深浅。

2015 年 10 月 8 日

红蓼，或狗尾巴花入门*

想知道它们和乔松的关系，
你得去认识湿地植物中
谁长得最像游龙。形状关乎性情，
这里面的政治，也不是闹着玩的。
更何况，水性还有好多意思呢——
包括男人始终不曾称职于
男人在原始洞穴中感觉到的
古老的恐惧。我记得你断言过，
最高的智慧曾深受这些恐惧的启示。
但是，表面上，简直看不出来。
它们粗壮的茎干笔直，高达两米，
不逊于凡·高爱过的向日葵；
穗状的花序，醒目于你仿佛见过
奔跑中的犀牛的生殖器。
但这里是亚洲，北纬 41 度，
我觉得，我能贡献的最好的东西
就是我们来自旋涡。但这是什么意思？
植物手册上说，它们的花期

---

* 红蓼，又名游龙，狗尾巴花，一年生草本植物。

在六月和九月间；但现在是十月，
它们的花姿却依然浓郁，俨然像在回放
比基尼沙滩上的天使变形记。
请允许我重申一下这幕场景——
玉渡山①下，我们是它们的例外，
它们也是我们的例外。但毕竟，
它们在我们的等待中等到了
它们的真相。所以我猜，
你不介意它们叫狗尾巴花的话，
它们也不完全是我们的例外。

2015年10月9日

---

① 玉渡山，位于延庆县城西北，属燕山余脉军都山脉的一部分。

水竹芋入门

终点之花,意思是,
假如你善于体谅天堂的难处,
以及人心的加速,它就负责
我们曾在湖边提到的那个终点
是否看上去僻静而漂亮。
一圈问下来,它陌生如它的名字
最开始听上去叫"水煮鱼"。
原产墨西哥,但为了方便萤火虫见世面,
它横渡太平洋,历尽
不为人知的挫折;扎根秀
总能在敏感于终点的人身上
兑现部分秘密的启示。世界的疲倦
在淡淡的南方雾霾中勾勒出
它笔挺的紫色背影。和我们不同,
它不需要冲着矛盾的现实变魔术;
此外,即使你变的魔术不够成功,
它也仍渴望邀请你继续修剪
我们对世界的短暂的好感。

2015 年 4 月 23 日　深圳

佛掌参入门

通灵的茎块,出手相握之际,
它不嫌你的手掌大到
简直像它的陌生的婚床;
它顽皮如它能在你的梦中
将一只猴子变成三根小木头。
它身上的土味,即使是
从迷人的大熊星座射来的天光
也只能洗去一小半;
它静卧在你的情感线上,
就好像那里有一条隐秘的单轨
通向比宿命还缩影。
高原的湿土是它的舞台。
急雨过后,它将紫红的穗状花序
送给孤独的山风做蜡烛。
但最拿手的,还是在密封的地下,
经过反复揉捏,它把自己搓成
最小的佛手,以此来把握
天地的精华。它不会怨恨
挖它出土的,形形色色的人,

就好像渗透到我们血脉的最深处,
是它渴望展露的,小小的奇迹。

2016 年 10 月 2 日

枫糖液入门*

整个下午，本地的枫糖液
扭动着琥珀色的腰肢，
从各种陌生的角度，
向你兜售一记甜蜜的老拳；

如何出手，难道还需要
用时间的政治①把你的眼睛
再蒙上一次吗？靶子是现成的，
一直都隐藏在你身上；

即便明确成对象，也是彼此
较着劲，比客观还漂亮。
唯一需要解释的是，这里，
老，究竟涉及怎样的含义。

剔透到浓稠，但它并没隐瞒
这树蜜是从高达四十米的枫树上

---

* 枫糖液，Maple syrup，也称枫蜜，枫糖浆，枫树树蜜的浓缩提取物。
① "时间的政治"，借自彼得·奥斯本。

采集来的；而那些开凿在树干的小洞，
作为甜蜜的通道，它们的历史

已有一千六百年。仅凭这一点，
它已指出，你的记忆存有怎样的缺陷，
且亟待通过这些蜜液的注入，
才能重返荒野中的停留①——

那里，经过原始的消化，
甜蜜的暴力②仿佛已练就了
一种绝对的分寸，足以从内部
将你直接唤醒到纯粹的原型之中。

2016年1月14日 Johnson

---

① "荒野中的停留"，语出约瑟夫·布罗茨基。
② "甜蜜的暴力"，借自特里·伊格尔顿。

野坝子蜜入门
——赠谷禾

野拔子和野巴子的
唯一区别是,无论这世界
多么操蛋,你依然可以
在海拔 2500 米的草甸上
管它叫野香薷:唇形科,
对生的卵形叶边缘,
锯齿粗硬,但不负责矫正
虎口里有没有比生锈的时代
更容易发黑的钢牙。
焦距调好后,虎纹令蜜蜂
听上去像连击的小榔头,
盲目地敲打着盲目的爱。
介于草本和灌木之间
仿佛只是它释放自己
独异的花香的一种策略:
轮伞花序,一看就很中草药;
而我们已中毒太深,
只能在大理的偏方中,

将信将疑，它比云南
最好的硬蜜更擅长
在我们的内部凝结成
新的晶体，或新的警惕。

2016 年 7 月 22 日

黄刺玫入门

向阳坡上,细长的枝条钓向
你的心池,我敢打赌
它的面积甚至不小于
我们见过的任何一座天池。

黄花如钩,没看出来的话,
心声里想必有条鱼,借口蜜蜂的爱
太像一种频繁的试探,
而将尖刺密布在天赋周围。

但只要涉及解脱,它们的花心就密集
而醒目,一直繁荣到假如我不曾
矛盾于我们曾多么以貌取人,
我就不可能认出来自蝴蝶的友谊。

2016 年 5 月 5 日

银杏入门

秋天的邀请仿佛因为你
变得清晰起来。如此高大,
就好像时间的情人迷上了
挺拔和信仰之间的一种巧合。

纯粹的愉悦表明,我们不仅受雇于
金黄的命运,也受雇于金色的秘密。
或者坦白地讲,我们的迷途
未必不是宇宙的捷径。

有过一个瞬间,松鼠肯定听懂了
喜鹊翻译过来的月亮的留言。
安静的颜色中,唯有杏黄
比影子的真理还顽固。

我们未必不是神秘的受益者。
因为无名的丧失,你确信
按原型的尺度,擅长缓慢的刺猬
是比我们更出色的羞涩大师。

你比我们更接近纯粹的人；
假如我没判断错，你身上有树的味道。
轮到我确信时，你也会赞同
风景才是我们的底线。

2014 年 10 月 31 日

白蒿入门

秦岭深处,它们蜷缩在
农妇的柳条篮中:名义上
比野菜还野味,专治
偏食的偏见。三月的春阳下,
它们的娇嫩如同一出小戏,
柔软在偏僻的命运中;
以至于我在它们身上认出了
我们的柔软,连颜色
都非常接近,却不敢承认。
那情形就好像我的难为情中
包含着它们摊开的身姿
一直试图将我的目光压低到
和它们的目光毫无区别。
更意外的,在它们的目光中
我的记忆也开始慢慢混入
它们身上原始的春香。

2016 年 3 月 31 日

楸树入门

在被侮辱和被损害的
你我之间连续抽签三次,
抽中的,竟都是五月。
偶尔,乡愁的海拔也会蔚蓝。
如果不介意,我更愿深情一个假设:
说到底,其实并无最深的幻觉
需要打破。和过去比,
你的北方,现在更适合
我开始重新看待那些免费的角落。
燕山脚下,美丽高大的楸树安静得
就像黄昏时的一座马厩。
它们发散出的植物的气息
也恰似一群马颠跑着,在我的脑海里
按摩你的影子。现实的鞭子
混杂在乱丢的垃圾中间。
你翘着脚尖,探身查看小标示牌上
锈迹斑斑的物种说明——
果然,又是原产于中国;
但另外的意思却是,很难统计
究竟有多少生活的秘密

就来自那几个近乎完美的瞬间。
比如那一刻,我暗暗吃惊于
我怎么以前就没想过:
繁花已足够,似锦纯属乱弹琴。

2015年5月26日

荚蒾入门

早市上,怎么会有金枝?
逼真的玉叶,倒是见过
各种各样的,但意思全变了。
买的人和卖的人,都明白
它们既算不上买卖,也构不成交易。
类似的插曲还有,清爽的
苦菊不爱搭理茴香,而油桃
却新鲜得像樱桃刚戴过的面具。
取景于红瑞木,废墟怎么
一下子就模糊了?我注意到
你确实有种奇怪的冲动——
渴望把地上捡起的任何东西
都叫金枝。就不能等一下?
比如,从玉叶的哭泣里
我大致能判断出,昨晚的雨
下得有多大。命运之中
有个纯粹的无知,其实
对聪明人和傻瓜,都方便。
但还是太特殊了,所以
看上去,不是你的安静

在加工我们的死亡,而是
你的死亡在加工我们的安静。
要不要和地铁里的巨大的活塞
打一个赌:你随便做一个梦
都能让这里的现实走样。
但是,作为回答,我不建议
我们依照判断黑暗的大小
来翻找生活的底牌。当然
我也不好意思建议,我们
最好按照真谛的大小,偏僻于
五月刚开始时,荚蒾也曾叫琼花。

2015 年 5 月 25 日

芒果入门

芒果的说服力
确实值得借鉴。黄色越醒目,
成熟越绝对。它们赞同这想法,
并鼓励这样的迁徙——
甜,沿北方的记忆
放大了世界的爱。每个人
都可能沾边,和每个人
都有机会沾边的区别
真的有那么大吗?芒果的疯狂
比你在我们的死亡中
懂得的东西更接近本质;
它们将它们的本色
陈列在时光的形状中。
不论你在哪儿,只要我们手里
还没拿着原始的石头,
你就比地狱幸运。捏一下五月,
还没怎么反应过来呢,
生活的臀部已缀满了
你的芒果。我如果还有别的替身,
我会比现在更愿意看到

将金枝压向大地的哭泣的
那最后的重量,来自你
有一颗无知的甜心。

2015 年 5 月 24 日

狗眼入门

——纪念与一只名叫太子的小狗相处的日子

五日之内,它不同于
黄鼬的眼睛。它无关出没,
它绝不利用密叶的遮蔽,
潜伏一个埋伏。它只负责校对
你的召唤是否依然出自
爱心对人心的过滤。
三天之内,它不同于鹰眼:
用高高的盘旋来推进
终极的判决,不合它的胃口。
一旦面对,便意味着神秘的开始。
在这样的眼光中,一切都只存在于
比信任更深刻的好奇之中;
没错,它的凸面镜内置在漂亮的狗头中;
稍一纵深,起伏的苍山,
也不过是一团没有肉味的东西。
十二小时内,它不同于
附近就有蝰蛇。按个头,
只要是人,就比它高大;

但它绝对有理由在表面上
将我们看得很低。在它仰视的目光中，
什么人曾抵达过那个高度？
是的。它从未想过令你为难。
多数时候，它更倾向于
在宇宙的感觉中引导
我们也许曾是另一种同类。
半小时内，它不同于
猫眼中的豹子眼：来自它的打量
更接近于一种原始的测量——
就好像它的目光曾借道
火山的喷气孔，而你
不知不觉已处在熔化之中。

2016年7月24日

第五卷

人在佛蒙特，或比雪白更寓言入门

北纬45度，雪统治了背景；
怎么左右，都绕不开从东到西；
白色的秩序仿佛在提前排练
现实和自然的界限终究会在何处消失。
但看样子，绿头鸭并不怎么介意，
它们选择了就地越冬，
又一次，将南方封存在未知中；

凡风景比自然更原始的地方，
都会频繁闪现这些野鸭的身影，
就好像它们正在给沉寂的群山暖场；
天敌已彻底消失，它们从积雪的
坡岸上，扑进冰冷的河水，
为你示范冬泳的秘密——
就好像冷，依然是最好的秘诀。

四周，阿巴拉契亚的山峰多到
只有这奔流的基训河记住了
你的名字；仿佛不如此，
时间的遗忘就无法触及我们身上

更隐秘的正义。其他的迹象
还包括：被拔光了叶子的枫树
一头扎进北风的祈祷。

乌鸦的叫声如同单飞的颂歌
频频点缀世界的边界。
瞒过了天使，将冰之心均匀到露骨的
雪，陈列着自己的裸体，
令大地看上去像半个替身。
一抬腿，就是尽头。一尽头，
人的极度的孤独便是你的极端的长处。

回过神来，清冽的星光犹如
一种私人签名，把你的目光
远远带向宇宙的另一面。
请不必担心我们如何返回，
月光下，还从未有过一种遥远
比你身上的小涵洞
更抵近我们的起源之谜。

2016 年 1 月 12 日　Johnson

基训河入门

两旁的白雪应该是它
刚刚脱下的外套、长裤和披肩——
就好像关键时刻,唯有你的赤裸
能令人生的虚无稍稍收敛一下
那古老的敌意。陌生的纬度中
有纯粹的维度,它凭借清晰的倒影
忠实于你原来的确有机会
安静于世界的秘密。岸上,
高大的乔木静静地撑开
仿佛和它无关的,碧蓝到
辽阔的呼吸。转念一想,
本地的抽象中,唯有它甘愿
自觉地低于人的目光——
但这难道不恰恰是它精通于
将你从我们身上吸引过去的证据吗?
或者,面对它不知疲倦的流淌,
敢不敢和大地也赌一把:
将你的孤独锤炼成更精准的技艺。
绝对的冷,有可能依然是
一种礼物:就好像时间需要玩具时,

它送去的是数不完的,有着锋利的
边缘的冻雪,尺寸犹如
从史前巨兽嘴里敲碎的牙齿。

2016 年 1 月 6 日　Johnson

伯灵顿晨曲入门

西北风是第一个跟头；
不管你如何围脖，它都能
像刚磨过的银针一样
认出你。你新买的登山帽
只是无意中拔高了对寒冷的
错误认知，它并不能抵挡
寒冷也曾迷人。眼前的示范
如同一次亮相：两只海鸥借迷途
为世界测量着新的尺寸。
接着，乌鸦的呱叫犹如一种露骨，
刺透了漫天的飞雪，邀请你
以及你中有我和颤抖的树枝一起摇滚
大地的欢乐从不曾因冬季的到来
而减少过一粒雪白。

2016 年 1 月 3 日　Burlington

不来梅的黎明入门

将黎明视为源头的知识
已经在你和鸫哥之间松懈成
一种运气。比麻雀起得早,
意味着你的眼睛要比野鸭的
在威悉河的晨光中睁得更远。

而比野鸭起得早,意味着
杜鹃的露珠曾赶在牙刷之前
就试探过我们的嘴唇。
陌生的黎明,始终是
最好的知识;它好就好在

你只能用陌生的肉体来定义
世界的秘密。如果你成功了,
语言就是翅膀;至于羽毛,
我猜,从时间的味道中
你已能闻出十足的暗号。

2016年6月4日

威悉河畔入门*

——赠李栋

感谢时差。感谢被颠倒的黑白
在陌生的时光里激起了
新的浪花。存在就是迟到。
最好的存在,就是最深的迟到——
就如同我们只配相遇在
我们的偶然中。想弥补的话,
得首先看看附近有没有
可以和捷径媲美的渠道。
感谢捷径。肉体曾是此岸的
最明显的标志;而现在,
因为这沉重的水花,肉体也是
彼岸的阵地,且真实于
我们有时会喃喃自语:到头来,
唯有孤独的灵魂是可信赖的。
感谢在我们中间,这些水
曾如此抽象,又如此及时;

---

* 威悉河(Weser),发源于德国西部的图林根州与拜恩州交界的山林,经不来梅注入北海的黑尔戈兰湾。

以至于我们确有可能
比我们的碎片,更完整地
漂浮在生命的记忆之中。

2016 年 6 月 6 日

领事馆之夜入门

名义上，这夜色已付过费，
但上了锁的云海，并不领情。
从大西洋吹来的海风，
一会儿把旅人吹成过客，
一会儿又把过客吹回到人的
更陌生的原型。白马已铸成铜像，
身边即现场，但也只剩下
好奇的野鹅可疑于可骑。
此时，汉堡的月光由路灯演义。
观花的人，只欠一个怒放。
没错。就好像在幽暗的爱中，
谁欠谁的，连幽灵也会感到棘手。
当然，隔着交错的灯光，
眼神好的话，教堂的塔尖
也许的确不欠宇宙还有没有
别的同情心。突然之间，
我觉得，我欠母语的
要多于我的诗欠异乡细雨的。
但那究竟是什么呢？领事馆上空，
夜晚并不特异于往常。

夜晚,只是语言的一个边界。
除此之外,我们和诗一样,
都不会再有其他的真相。

2016 年 6 月 2 日

人在汉堡入门

雨中雨，稀释时差
也会开小差，将汉堡的下午
熨得平平的。锦簇的高山杜鹃
醒目城市之光：凡有角落的地方，
它们就比答案还像答案——
至少看上去，世界的问题
可以首先在颜色方面
得到一个完美的解决。
从秀丽到繁茂，它们的姿态
饱满如一个事实，比无私
还频繁地，团结了我们的无知。
它们的时间甚至延长了
我们的时光。你甚至会这么想：
照目前的情形看，孤独的
旅行，依旧是最好的处方。
阿尔斯特湖[①]岸边，灰雁的慧眼
果然名不虚传：只要你的
手里有饼干，它们才不在乎你

---

① 阿尔斯特湖（Alster）位于德国汉堡市。

来自叙利亚,还是生活在
北京像背景。铅灰色的波浪
像一个老练的配角,移动的白帆
也及时出现在安静的视野中;
"多好的酬劳啊"①,但是这里
没有海滨墓园。更显然的,
这偌大的尘世,其实也没有什么
配得上用诗去颠覆它们。

2016 年 5 月 30 日

---

① "多好的酬劳啊",引自保罗·瓦雷里的名诗《海滨墓园》。

飞往阿姆斯特丹入门

郁金香的国度。欧洲的清晨
独立在露湿的草坪上。
海堤遥远,海鸥的飞吻
却很近。生活在别处,
羁绊于真真假假,以及你
不甘心人有时只能信任
悠悠白云。风车忙于宽容一切——
从人性的污点到真理的傲慢。
红灯区负责脱节,但假如
你不知道:脱鞋是微妙的,
缓冲带瞬间就会塌陷成深渊。
干吗要绕开凡·高呢?
难道仅仅为了躲避狗的舌头上
火鸡也会喷血?你就要
发明大麻的超道德。据说,
贝多芬的血管里,有很多东西
都出自荷兰。所以,假如只有
误解点什么,才能让反抗命运
真实于时间的话:最好的卡夫卡
在核桃里等你,最好的莫扎特

在杏仁里等你,最好的加缪
在黑莓酸奶里等你,最好的尼采
在枸杞里等你,但还是不如
最好的斯宾诺莎在西红柿里等你。

2016 年 5 月 27 日

比出窍还雪白入门

远处,铅灰色的云雾
解开了世界的吊带。慢慢出鞘的是
被耀眼的积雪舔过的,

据说偶尔还能看到棕熊脚印的,
脾气甚至好过天堂的
阿巴拉契亚山脉的大小峰峦。

近处,密集的光溜溜的灌木枝条
无知于它们曾构成怎样的阻碍。
野兔的足迹看上去像是

从另一个猎人的脑海中直接
复印下来的;出窍的仿佛也不是
一直出没在你身边,你却从未见过的我。

2016 年 1 月 11 日　Johnson

红磨坊入门

选位必须临水，落差
不能大于钢琴；当然，
一开始，也不是越偏僻越好。
由清澈和倒影决定的
绝对的喜悦，何时会退潮？
它其实并无固定的看法。

它在乎的是颜色如何呼应
只存在于大自然中的安慰。
它并不隐瞒，也许还有更好的颜色，
但它选择了一红到底，
它致力于协调我们在陌生的地方
有可能会显露的本来面目。

它不担心你去过巴黎，
会误解它的风貌；它保留了
一个好听的名字，以便
野化的鸽子飞回屋脊时，
你，能从周围的景色中提取
一阵心跳：比共鸣还忘我。

燕麦或玉米，鹰眼般的黑豆
都曾将主人的心得颗粒化；
但现在，它主要碾磨的是时间，
影子的时间，红枫的时间，
冰凌的时间，水貂的时间，
艺术家的时间，从生活的秘密中

节省来的时间，野樱桃的时间，
以及你作为诗歌的客人的时间……
这些碾磨看上去很随意，
却储存在绝对安全的地方，
以便需要时，你能准确地
漂浮在月亮的大坝下。

2016 年 1 月 22 日　　Johnson

母亲的金字塔入门

你从画报上看到
上了年纪印第安女人的面孔
比时间的皱纹更密集于
命运之神从我们身上夺走的
生命的魅影。明亮的背景中,
太阳金字塔①像一座孤岛
隐喻着它四周看不见的海水。
与你的姐妹相比,你不太热衷于
从风景中提炼秘密,无论是
生活的秘密,还是存在的秘密;
因为在你看来,太美的风景
都是对人生如梦的刻意加速,
那近乎一种心灵的失控。
但这一次,情况似乎有点不同;
你明确地说,你很想去看看
桌状高原上的金字塔。就好像
只有现场才会成就这样的震撼——
巍峨的呼吸,竟然先于

---

① 太阳金字塔(Pirámide del Sol),位于墨西哥的特奥蒂瓦坎古城城北。

阿兹特克人的直觉。巨大的静止
化身为信仰的建筑,从每个角度
看过去,都比遗迹还擅长奇迹。
或许,它的静止的表演也意在提醒你,
我们并不是宇宙的唯一的观众。
有好几次,我努力避开来自世界
各地的游人,将自己置身于
金字塔那明亮的阴影中:那里,
亲爱的母亲,我所能看见的一切,
无不来自你无形的高度。

2015年12月1日

清晨的秩序入门

——赠阿里·卡尔德隆

如果涉及纯粹的观感，
宇宙其实比真相还孤独；但假如
仅限定我们能在可见的事物中
做出怎样的选择，我们的真相
其实比你的宇宙还孤独。
高原之上，拉丁美洲的清晨，
正用陌生突破陌生，巨大的玫瑰色
播放地平线上的环状呼吸。
倾听和凝视以拉丁塔尖为暗号，
在人的内部已各就各位。
如果你看，美术宫的穹顶
便是翻仰的鲸鱼的腹部，
无声的呐喊沉淀着古老的夜色；
如果你真的想听到不那么容易
听到的，诗，其实一直在克服
我们的好奇不是我们的面子。

2015 年 11 月 30 日

宪法广场入门*

> 巨大的嗅觉。空气里飘着
> 各种小吃的味道。都很美味,
> 如果你不介意三十五比索
> 可以在这个季节买到什么的话。
> 换句话说,一小盒美洲黑莓
> 足以润滑游人和神庙废墟之间
> 那无名的记忆。我倾向于
> 神秘的善意能解决所有的问题,
> 尤其是诗的问题;但很显然,
> 和广场东侧国家宫里珍藏的
> 迭戈·里维拉的大壁画相比,
> 个人的观点往往比个人更容易失败。
> 主教堂的钟乐响起时,突出的印象是
> 历史比传统还方形;就好像
> 这感觉刻画了这线索,甚至
> 一直可以追溯到五百年前,

---

* 宪法广场,又称索卡洛(Zócalo)广场,位于墨西哥城的中心地带。广场北侧为墨西哥城主教堂 Catedral Metropolitana;东侧为国家宫殿 Palacio Nacional,里面藏有里维拉的壁画杰作《墨西哥的历史》。

就在附近,阿兹特克人为了赢得
一种神圣的忠诚,曾挖出活人的心,
来祭奠他们的太阳神。但我并不庆幸
此刻我仿佛拥有一种旁观。
因为眼光哪怕只是稍稍借自
胡安·鲁尔福[①],巨大的人流
就堪比晦暗的潮水;就好像
真正值得庆幸的是,无论你在哪儿,
我们的时间是我们的旋涡。

2015 年 11 月 28 日

[①] 胡安·鲁尔福(Juan Rulfo,1917—1986),墨西哥小说家,著有短篇小说集《烈火平原》和中篇小说《佩德罗·巴拉莫》。

人在墨西哥入门

——赠李犁

方向感奇好但架不住
身为一座城市,古老的墨西哥
取名自阿兹特克人的战神。
幸好有马德雷山脉始终点缀在
明净的部分,提醒我
东西的东,究竟站在哪一边。
好吃的东西都带股倔强劲,
且都和玉米是否伟大有关;
所以,香料喜欢斗狠,不把虚无辣翻,
你怎么会有机会?热爱生活的机会,
也是诗歌的机会。是的,
你没有听错,就好像龙舌兰酒
只有在入夜后的长椅上喝,才能喝出
墨西哥的滋味。你尽可以怀疑,
但放松如仙人掌之后,宇宙的滋味
也参杂在其中。每一瓶龙舌兰
仿佛都能沿人生,让存在的荒谬
踉跄不止一下。所以,迷宫里的将军

也是诗歌的将军。没错,
会跳舞的城市,我在其他地方
确实还没见过,拉丁风格的夜曲
比鲸鱼的睡眠还轻柔。
给人生一个面子,化哭泣为力量
好像也没失真到哪里去。
但是,真正值得去冒险的,
对你来说,似乎是化孤独为力量。

2015 年 11 月 28 日

拉丁塔入门*

曾经觉得很遥远的事情,
现在变得很近,近到它不得不
将自己耸立起来,以摆脱
人群和蚂蚁之间的暧昧关系;
接着,它像一只巨大的耳朵,
想听清你说的,是不是
曾经离我们很近的东西,
现在又突然变得非常遥远;
远到你甚至不太好意思
将它和人生的颠倒
做一番简要的对比。

2015 年 11 月 27 日

---

* 拉丁美洲塔,位于墨西哥城中心,高 181 米。

飞往墨西哥入门

奥克塔维·帕斯不在飞机上，
但他知道把早年的情书
扔进燃烧的炉膛时霍桑感叹
假如没有火和死亡是什么意思。

同样的念头，西蒙娜·薇依
表达得似乎更犀利，她断言：
死亡是最珍贵的礼物。
斜对面，出生仅八个月的混血儿

迷上了安全带的不锈钢搭扣，
他玩得不可开交。啪嗒。啪嗒。
整个飞行时间里，从他柔弱的小手上，
弄出的声响竟然多达九十九下。

轮到圣物秀时，太阳石一会儿在机上，
一会儿又消失得无影无踪。
但是很显然，这种情形
无关重量的变化及其魔术，

就好像出窍的灵魂,可屡屡
和看不见的手打平;却怎么也
无法取代白云的怀疑:多么可贵,
它始终矛盾于人类的轻飘。

2015年11月25日

前方 200 米即席勒剧院入门*

珍珠树的背后藏着
比雨燕还活跃的小向导,啮齿类,
且绝不旁观阴谋和爱情,
绝对比最可爱还礼貌。
回过神来再看,每一株
都比辣椒树还像咖啡树——
擅长分叉,樱桃状的浆果
将在十月称量出我们的理性
是否直立过游戏冲动①。
但现在是六月,白色的小花
不颠覆你我间的任何一种敏感。
神秘主义者埃克哈特②给出的解释是:
诗是戏剧的后台;并且
诗,以你我为世界的后门。

---

* 席勒(Friedrich Schiller,1759—1805),德国诗人,戏剧家,哲学家,代表作《阴谋和爱情》。
① "游戏冲动"说,见席勒的《审美教育书简》。
② 埃克哈特(Meister Johannes Eckhar,1260—1327),德国哲学家,代表作《崇高的人》。

如此,毕希纳①在灰蒙蒙的拐角处
贡献的另一个精致是:如果万物依然迟钝,
我们必须比秘密信使②跑得更快。

2015 年 7 月 20 日

---

① 毕希纳(Karl Georg Büchner,1813—1837),德国戏剧家,代表作《丹东之死》。
② 秘密信使,取意于毕希纳曾编发过的小册子《黑森信使》。

柏林神话学入门

倾斜的柏林。雨反对雨的艺术,
但不颠覆天气和浮士德。
蓝色的平衡来自矢车菊;
摇晃的石头,邀请左倾的鸡蛋,
并排陈列在标好的价签旁。
敲锣者无锣,假鼓却很勾魂,
比异国还擅长出卖情调。
按席勒的尺度,诸如我出生在
荷尔德林,并非不可能。
或者按新闻的尺度,即使不想超凡,
多看几眼清晰的冥王星,
也可能不自觉于脱俗。
但是,鸡蛋被放得太大了,
曙光发动机并不觉得
村上春树就一定是日本人。
至于我本人,自然也没法单独深刻于
我们的文明还尚未进展到
每个人都可凭故乡来深入交流。
曼,听上去比托马斯耳熟——
没错,这地方曾改名叫魔山,

差一点也让西西弗斯失业。
最后，还是没有个性的人
借助穆齐尔，从地上捡起
碎裂的镜片，割开了欧洲的脉搏。

2015 年 7 月 21 日

在柏林寻找海涅铜像未果入门

不良少年的白日梦中
偷跑出来的迷娘①,比午夜的悬崖
还高出一米六。你和歌德
很容易被弄混,但也常常相互弥补。
最坏的痛苦比最坏的愚蠢更坏,
必须从你我的身体里,
把它挖出来。十六岁像半个偏方,
我接受了你的催眠。
亨利希·海涅比大海的涅槃更响亮,
如此,某种误解让你的双手
比黑森林的矿工还有力。你将我
从你的德意志沙漠中挖出,
此时,流汗的歌德已不再练习击剑。
偶尔,世界就是一座海岛②,
敢和你同去的人似乎还没有出生。

---

① 迷娘(Mignon),歌德的小说《威廉·迈斯特的学习时代》中的人物。
② "世界是一座海岛",取材于海涅的生平轶事。诗人海涅常因其犹太人身份而遭遇恶意攻击。一次晚会上,一个旅行家对他说:"我发现了一个小岛,岛上竟然没有犹太人和驴子!"。海涅听后,不动声色地说:"看来只有你我一起去那个岛上,才会弥补这个缺陷!"

你在德国的春天死去,
我在北京的冬天将你认出。
这近乎一个游戏,揭底表面下
宇宙如何反映我们的反应。
或者,我在北京的春天死去,
你也会在柏林的冬天将我认出。
那是我第一次从我们的死亡中学到
如何信任陌生的灵魂。后来,
他们告诉我,你得过梅毒;
这对我确实打击不小;但也促使我理解
你为什么要说:"死是我们的医生。"
我曾想按照你挖出我的方式,
把你也挖出一次。毕竟,我们的不精致
都被精致地描绘过。连马克思也说:
"精致的文学始于海涅。"

路过乌拉尼亚博物馆入门*

走出朦胧之物。比乌拉尼亚①博物馆
更能节约北京时间的参照物
几乎没有。柏林的希腊
一点也不女神,就仿佛爱和美
并不以你我为对象;但为了
给前年去过的土耳其一个面子,
它也不以生活之谜为对象。
傍晚的巴赫,用橡树的新叶就能收集到;
而树的前方也是树的左边,
一匹并不存在的蓝马
正给比礼貌还缓慢的奔驰让路。
如果还想深入的话,好吃的东西
都有点像开采过好多遍的矿石。
但其实,味道作为一种起源,
比看和听更少手段。坐在对面,
拉辛的后裔怎么看都像里尔克
没读过《山海经》。神启的产物

---

* 乌拉尼亚博物馆,位于柏林。
① 乌拉尼亚,缪斯九女神中司天文的女神。

并不回溯神启。稍一跳跃，
印度人做的泰国菜便宛如
蘑菇云刚给天外天递了小纸条。
上面的字迹很潦草，但也很醒目——
你能从我这里学到的东西
除了汉语，还是汉语。

2015 年 7 月 18 日

真迹学入门

柏林的雨,不译柏林的线索。
空气是空气的洞穴。
可贵的,但也允许质疑的——
记忆是记忆的漂浮现象。
用卡夫卡处理一下,管点用,
但足迹仍不足以真迹。
在爱德华·蒙克①的绘画前,停留五分钟,
也管点用;毕竟北京的纬度
比柏林的,要低十三度。
这么巧?但也没准,命运另有安排。
一天之内,雨下了停,停了又下,
仿佛在表演停顿和停止之间
有一个微妙叫特拉克尔②。
初开的白丁香,与街头的觉醒为伍,
繁茂你的人性,在胜利纪念柱附近,
竟然如此任性:就好像干净的
空气的裁决,才是最后的裁决。

---

① 爱德华·蒙克(Edvard Munch,1863—1944),挪威画家。
② 格奥尔格·特拉克尔(Georg Trakl,1887—1914),奥地利诗人。

慕尼黑入门

一走神,亨利[①]已像弃儿。
脱下的绿衣,竟反穿在六月的
慕尼黑身上。你见过打伞的
火药味吗?所以,上帝的缺席
是一个机会,但假如美丽的错误
不够美丽,它就不一定是你的。
这里,明明没人以漏网举例
德国鱼好吃不好吃。就好像德国雨再大,
也大不过德国啤酒。我听懂了
大于你我的心声,金发的唯心论里
盘旋的乌鸦不会超过十只。
很有可能,瞬间比永恒更多黑暗。
并且更有可能,我也只能置身局外,
接受更黑暗的瞬间的一个裁决。
我孤独的时候,彼得·胡赫尔[②]

[①] 亨利,取意于小说《绿衣亨利》,瑞士作家凯勒(Gottfried Keller,1819—1890)的代表作。
[②] 彼得·胡赫尔(Peter Huchel,1903—1981),德国诗人。

是晚霞的绷带。而马勒①的沉默
则犹如我正排队等待
一个神秘的手术:如果失败了,
此刻的告别不过是一具假尸。
如果成功了,大地之歌也依旧是影子之歌。

2015 年 7 月 16 日

---

① 马勒(Gustav Mahler,1860—1911),奥地利作曲家,代表作《大地之歌》。

亚历山大广场入门[*]

减半的人海。起伏中
却始终不见退潮。人的丛林中
也并无明显的人之树。
成果是否浑圆,还得靠比慧眼更孤独。
湿漉漉的花瓣倒是随处可见,
但意义,却已不限特指
进化了的独立于狮身的人面。
请理解,疲倦也可以平等于新颖。
原本,原因里就还有一个原音——
连燕子都知道,刚下过的雨
是记忆的乌亮的小辫子。
借黝黑的枝条一用,才发现
庞德比伦敦地铁站还遥远。
其他的比较,难免更偏向现实——
比想象得要矮一点,世界时钟①
必须继续著名,以便陈旧
一个国家的彻底消失。

---

* 亚历山大广场(Alexander platz),柏林的商业中心。原东德的政治心脏。
① 世界时钟,坐落于亚历山大广场上,建成于1969年。

柏林黑莓入门

同行的天使中,至少有两个人
没吃过它。第一印象,
它像熟睡中的蜘蛛妈妈,
鼓着黑紫的大肚子。绝对的成熟
即绝对的放松。第二印象,
如果你记得丢勒描绘过的
并拢的双手,那么,再次摊开时,
漫漫长路已被缩短,它是足以将你的手心
变成一个王国的黑美人。
它的故事比初吻还多,
比黑暗中的大西洋的海浪还妩媚。
原产加拿大,但墨西哥
似乎有更好的品种。品尝一个,
熊心会回来两次。品尝两个,
豹子胆会从空气中掏出
一根发黏的弹簧。以此类推,
柏林是柏林的插曲。最后一个,
偎依在你舌尖的时间
似乎比其他的,要多三十秒——
它帮你回忆起世界还有另一面。

施普雷河入门

流动的雕像。线条像泡过的
铅灰色钢板。仿佛有一个游戏
请求你每天经过它,但
尽量别去领略它。很多捷径
都美妙如末路。深耕于狭窄的波浪,
观光游轮像一只巨手滑向
漂亮的肚皮舞。接近完工时,
那些雕刻过它的刻刀
将继续雕刻你我的柏林——
一个比早已关闭的贝恩[①]的诊所
还要安静一百倍的柏林。

2015 年 7 月 13 日

[①] 戈特弗里德·贝恩(Gottfried Benn,1886—1956),德国诗人,皮肤病医生。

身旁的布莱希特入门

施普雷河稀释掉的德国记忆
几乎没法交流。桥上,
你参与神秘的跨越犹如
你参与偶然的停留。
稍一环顾,风景的矛盾中
风景的美丽却从不出错。
翻飞的鸽子怎么看,都像迷途的海鸥。
而柏林的蓝天则像
你的剧院刚开始放长假。
生死之间,两个你,哪一个更本我?
哪一个比陌生的效果还刺耳?
你坐在长椅上,与真人般的铜像共鸣于
对我而言柏林只剩下三天。
而你的沉默并不间离金子的沉默。
那空出的半个位置,显然
是为与你合影的陌生人预备的。
我未能免俗,也请朋友照了一张。
我从未想到我会如此陌生,
以至于我差点认不出你。
戏剧的态度必须是艺术的态度,

这是我从你那里学到的
最具颠覆性的东西。但是，
现在，把它再放回到东西之间，
它听上去却像四川好人也准备卖黄铜。

2015 年 7 月 11 日

柏林街景入门

没有基希纳的柏林街景
仍很基希纳①。如果你的出生地
足够遥远，或者你来自
对任何现实的反动；"非人的力量"
马上能嗅出你其实并不精致。
但是，你的不精致，作为一种精致，
更容易施肥于存在的偏见
和道德的幻觉。用新闻的艺术来杀人，
太刺激了。即使出了差错，
也依然慷慨：一方面能美化生活的敌意，
一方面又满足更暧昧的个人动机。
显然，道德的快感是另一种
嗜血的利息，比最纯的海洛因还纯——
精致的氛围其实在德国也很俏。
看清了这一点，表面的东西
似乎才能重新回到黑格尔的深刻。
譬如，细雨的深处，凭着内心的爱，

---

① 基希纳（Ernst Ludwig Kirchner，1880—1938），德国画家，代表作《柏林街景》。

我仿佛仍能看见放牧的马群[①]。
博物馆岛附近,克莱因蓝彼岸花的风姿
并不因盆栽而减损。陌生的灵性,
沿本地的风俗,免费提供各种线索。
而比魔鬼还花心的,仿佛不是
被政治操晕了的人,也开始尝到
用政治继续操人的甜头。

---

① 德国表现主义画家弗兰茨·马尔克(Franz Marc,1880—1916),代表作《放牧的马群》。

蒙塔莱和柏林有什么关系入门[*]

柏林多雨。但飘忽的是,
一念之差太频繁。幸亏还有脑海
偶尔走神于东西比东西的隐喻
更深不可测。比如听上去,
柏林很诗,绝对像柏林很湿。
回到旅馆,我用吹风机吹头发时
发现可疑的鬓发之间,
黑白已被黑白死死套牢,
根本就吹不干。放到阳光下一晒,
我们竟然比我更出身于烙印。
洗不掉,反衬烙印即故乡。
是的。你没听错。烙印之歌
正像背景音乐一样一边慢慢升起,
一边加紧缩小包围圈呢。
即使错觉是听觉的碧绿后门,
友好的柏林也不是由柏树的林子构成的。
蒙古的蒙,莱茵蓝的莱,
但中间的塔,能否镇住

---

[*] 蒙塔莱(Eugenio Montale,1896—1981),意大利诗人。

被真理租用的山河,仿佛还可以
换个时间,再讨论。蒙塔莱和柏林
有什么关系就好像柏林和我
有什么关系?或者,我喜欢蒙塔莱
听上去就好像太阳是诗歌的
小黑屋。但是,肉体不是小喇叭。
至少,我的肉体是吹不起来的;
我愿意明确地承认这一点。
真的很抱歉。这和你配不配合没关系。

2015年7月10日

柏林的狐狸入门

——for Lea Schneider

称它为欧洲的狐狸

不如称它为德国的狐狸,

蒂尔加滕公园碾磨夜色中的咖啡,

直到我们出没在狐狸的出没中;

甚至直到我出没在我们的出没中。

清醒后,什么人敢真实于他的恍惚?

一半是暧昧的信使,

一半是角色的、偶然的进化。

称它为德国的狐狸

不如称它为柏林的狐狸,

在胜利纪念柱和勃兰登堡门[①]之间,

它颠跑着,踩着新雨的积水,

穿过宽阔的午夜的街道。

它的路线自北向南,而我们的归途则从西向东。

一个移动的十字,完美于

它比我们早一分钟跑过

那个扁平在人行道上的交叉点。

---

① 勃兰登堡门,建成于1791年,位于德国柏林市区。

这之后，爱，几乎像夜色一样是可巡视的。
称它为柏林的狐狸
不如称它为黑夜的狐狸。
我多少感到吃惊，因为本地的朋友
已交代过，这一带是市区中心。
它侧脸着，以便将它和我们之间的距离
主动控制在既是警觉的
也是体面的原始礼貌中，就好像我们
来自北京还是来自津巴布韦，
对它来说，区别不大。
它的偶然的出现已近乎完美，
而它的偶然的消失比它的
偶然的出现，还要完美；
至少，我们的出现很可能比它还偶然。
所以，称它为黑夜的狐狸，
不如直接称它为诗歌的狐狸。

2015年7月6日

柏林时间入门

勃兰登堡门距离酒店,
步行的话,不过七八分钟。
沿街,建筑物上依然清晰可辨
硕大的二战弹痕。就那么敞露着,
像殴斗中被重击过的眼眶;
并不打算遮挡,也并无修葺的迹象;
一种古怪的自信,仿佛要把陌生人带入
风俗的歧途。曾经的伤口
表明曾经的岁月也曾经
像巨兽的牙齿一样锋利。
平庸的恶,显然在哪儿都是个难题。
但现在还不到星期日早上十点;
摸上去,正如从耶拿来的
摄影师也赞同的,它们性感得像
柏林的小肚脐眼。一旦涉及从东到西,
任何失望都不过是撒娇。
在这一点上,我从来都赞成丢勒[①]。

---

① 丢勒(Albrecht Dürer,1471—1528),德国画家、版画家。作品有《启示录》《骑士、死亡与恶魔》等。

也理解奥登早就坦白过:我的脸
像雨中被扔到地上的一块蛋糕。
我也有同感。但不基于普遍性。
我为丢勒而来。我不在乎
六月的柏林还会下多少阵雨。
所以,问题不是我敢不敢
把"被政治操晕的人"写进
有关柏林的诗中。更有可能,
需要解释的只是,佩加蒙博物馆前
一株幽蓝的曼珠沙华为什么
看上去犹如通了电的惊叹号。

2015年7月1日

马尔库塞墓前入门

四周,鲜花不仅没输给六月,
还醒目于陌生的静寂中
浮动着熟悉的树影。黑蝴蝶
沿着本能,煽动大理石的方言。
刚下过雨,佛里德里希大街往北,
多罗西墓园①像一块放晴的磁铁
试探我的骨头。嘶嘶作响的记忆
仍然可用于一个秘密。
爱欲比我们更暧昧,反而比
我们比爱欲更暧昧,更接近于
一种人性的可能。但是放眼人生,
克服是克服的麻烦。我猜,
假如懂中文,你也许会赞同
诗,足以成就你所说的劳动。
而比劳动更暧昧的,是墓志铭上
你的留言:"继续做下去。"

2015 年 7 月 2 日

---

① 多罗西公墓,位于德国柏林。

维也纳入门

维也纳和维纳斯并不
总是如此接近。维也纳就在下面,
比田园诗更渴望分担
世界的错觉。金色的实体
婉转于每片森林看上去都像是树林。
插上了翅膀的时间
则忙于加速你中有我
从一开始就没辜负云的善意。
飞越乌拉尔也并不总像
飞越疯人院。但是,俯瞰云海,
最深的记忆显然还没
在我们的真相中完全堕落。
我信赖你的孤独;我希望
最好的情形是,反过来也一样。
假如这恰巧涉及什么是诗,
诗,就是学会信任彼此的孤独。
比你的孤独更准确的测量
似乎才刚刚开始,比如
此刻,维也纳就在外面;
或者隔着玻璃,维纳斯还陌生在里面。

诗歌和进入

"人不能两次踏进同一条河流",尚在青春期的时候,赫拉克利特的箴言曾深深震撼过我的心智。在此之前,我接受的教育中,最能令生命的形象完美的是"人之树"。那意味着,选对了落脚点之后,安静地生长,经历风雨的洗礼,不仅是自我塑造的最本源的方法,也是成就生命的意义的最理想的途径。但在赫拉克利特之后,大河动荡,心潮一旦涌动,就再也不会平息:生命的意义在于追寻。将新生托付给生命的追寻,也就意味着,朝向未知的世界,一方面不断磨砺自身的慧根,另一方面在充满不确定的追寻中锤炼生存的勇气。但是,人世诡谲,如果缺乏心性和机遇,我们的追寻很容易混同于形形色色的冒险。当然,精神的冒险,在特异的历史境遇里,有时也是必要的。事实上,假如作为一种选择摆在面前,我们很难判断心灵的追寻和精神的冒险,哪一个更符合我们的生命意愿。困惑的时候,或许《论语》中的历史情境能提供一些深刻的暗示,孔子的作为大约很难归入精神的冒险,他的人生轨迹可以堪称追寻的典范。从最朴素的角度讲,追寻的对象也许因人而异,因为在今天的处境下,它已不能简单地用真理作为说服他人的依据;但是追寻本身包含了一种信念:这荒谬的世界,我们能遭遇万物,并在这样的遭遇中有机会获得生命的觉悟,已近于宇宙的奇迹。对我而言,这样的信念只能残酷地体现在诗的书写中。

人的追寻,涉及我们的存在境况中最隐秘的生命政治。最明显的,我们首先会遇到两类不同性质的追寻:以现实为界限的追寻,以内心为可能的追寻。这追寻都从它们各自的角度丰富着我们,又撕裂着我们。将它们统一在个体之中,非常难得。除了运气,几乎没有别的解释。就例子而言,苏东坡的一生,不可谓没有运气。甚至他的贬谪,都有可能是命运对他的才情的一种自动保护机制。作为诗人,以现今的尺度来衡量,苏东坡的追寻不够积极,缺乏一种果敢的主动性。但从另一个角度,异常难得的,他的追寻竟然融进了汉语自身的追寻中。他的消极体现的是一种更深的智慧,就好像在公开的语言场合中,他从未表明过,他本人已是汉语自身的追寻的一个对象。他处在汉语的出口的位置上,千年一遇;命运待他不薄,而他也没有辜负命运,汉语的命运。当代诗人则没他那么幸运,我们每个人几乎都处在开始的位置上;更糟糕的,我们并不知道出口在那里。也许出口就在附近,但灯下太黑了。"我的开始是我的结束",T. S. 艾略特用智者的自尊回击现代性的挑衅,将现代的虚无对我们的冒犯还给虚无本身。听上去,有镇定剂的效果。但是,就诗人的命运而言,频频处于这样的"结束"之中,会很容易堕入自我怜悯的陷阱。保持随时开始的能力,是诗对我们的最大的启发。保持随时结束的能力,是我们对诗给予我们的启迪的最大的回报。对诗人来说,拥有随时结束的能力,会令虚无心虚,对我们无计可施。

更重要的,既然展开了生命的追寻,就意味着有重新认识世界的可能。从传统的角度看,汉语的感受力中,世界始终是封闭的。道可道,非常道。世界是需要进入的,得道必须经由自我的省察,并信赖修辞的作为。这或许是中国思想最富有诗意的地方,也是它最能经得起时间磨损的地方。这和西方思想有很大的差异。对西方思想而言,最根深蒂固的信念是,世界始终是敞开的。按海德格尔的设想,假如没有人类自身的愚蠢作祟,没有历史之恶的遮蔽,世界原本是澄明的,始终充满本源性的机遇。意识到这样的分别,大约是我近年来从事"入门诗"系列写作的内在动因。

另一方面,这些入门诗展示的也是一种生命的自我教育。在我们的生存中,世界被运作得太快了。这里面,也许有不以人的意志为转移的东西。也许,它就是一种以我们自身的麻木为切口的乖张的欺骗。所以,入门诗系列看上去写得很温柔,触及和关注的仿佛都是世界的细节,但骨子里它们也都带有投枪的影子,是针对人世的堕落的连环反击。无论如何,无论有怎样的风格的迷惑,请记得,它们柔中带刚。从事物和认知的关系讲,特别是在诗歌面前,大胆地承认我们还远远没有进入世界,走进万物,也可归入一种最迫切的自我救赎。入门诗的文学动机并没有那么深奥,它们基本上都源于我们生存境况中的强烈的被剥夺的感受。对生命的机遇而言,在自我和存在的关系上,由于世界的加速运作,我们鲜有个人的时间在万物面前,停下自己的脚步。更遑论让自己的内心选择安静地和万物面对面了。大多数时间,大多数场合,我们都处于事物的外面。我们不仅很难有机缘走进万物,事实上,还很少有时间走进自己的内心。我们以为我们懂得很多,但书写这些入门诗,是我强烈地感触到,我们其实比以往任何时候,都需要苏格拉底的鞭策:我们事实上已很无知。我们陷入的是一个近乎单向循环的怪圈:我们知道得越多,越无知于我们很无知。新的认知假如还能开启的话,新的世界面貌注定只能基于我们坦然于自己的无知,并愧疚于我们尚在门外的处境。这样,通过书写入门系列诗,我或许可以留下一个事实:诗的本意即我们随时都可以换一个角度重新去接触这个世界,并与万物相处于生命的欣悦之中。

2017 年 9 月

图书在版编目（CIP）数据

最简单的人类动作入门 / 臧棣著.—南宁：广西人民出版社，2017.12
（大雅诗丛）
ISBN 978-7-219-10451-4

Ⅰ.①最⋯ Ⅱ.①臧⋯ Ⅲ.①诗集-中国-当代 Ⅳ.①I227

中国版本图书馆CIP数据核字（2017）第265929号

最简单的人类动作入门
臧棣 / 著

出 版 人　温六零
责任编辑　吴小龙　许晓琰
责任校对　张莉聆　陈　威
整体设计　刘　凛（广大迅风艺术）
肖像作者　黄　荣（《塔社》阿非工作室）

出版发行　广西人民出版社
社　　址　广西南宁市桂春路6号
邮　　编　530028
印　　刷　恒美印务（广州）有限公司
开　　本　880mm×1230mm　1/32
印　　张　10.25
字　　数　247千字
版　　次　2017年12月　第1版
印　　次　2017年12月　第1次印刷
书　　号　ISBN 978-7-219-10451-4
定　　价　49.80元

版权所有　翻印必究